Reiner Bonack * Die Mittagsnachtigall

AF209816

Reiner Bonack

Die Mittagsnachtigall

Aphorismen, Miniaturen

und andere Kleingeschichten aller Art

Bibliografische Information der Deutschen Bibliothek:
Die Deutsche Bibliothek verzeichnet diese Publikation in der
Deutschen Nationalbiografie; detaillierte bibliografische Daten sind
im Internet über http://dnb.ddb.de abrufbar.

1. Auflage, 2024
© Reiner Bonack
Cover und Layout: R. Bonack
Verlag: BoD • Books on Demand GmbH, In de Tarpen 42,
22848 Norderstedt
Druck: Libri Plureos GmbH, Friedensallee 273, 22763 Hamburg
ISBN: 978-3-7583-4047-5

Unsere Pflicht, die Welt schöner zu machen,
... bis es einen Planeten der Gerechtigkeit und der Liebe gibt.

Ernesto Cardenal, 1925-2020,
nicaraguanischer Dichter, katholischer Priester, Sozialist

Mond, wirf deine Maske ins Wasser,
verteile dein Mehl, deine Laken, deine Brote
unter alle Menschen.
Sei nicht nur ein Brunnen der Tränen, eine Eisscholle
oder eine Insel aus Salz ...

Jorge Carrera Andrade,1902-1978,
ecuadorianischer Dichter und Schriftsteller

Wie viel hätte ich sein können und war es nicht?
Wie viel könnte ich noch sein und bin es nicht?

Gioconda Belli, geb. 1948,
nicaraguanische Schriftstellerin und Dichterin

MEIN STALLGERUCH

VON DER MAGIE DER MINIATUREN

Der Horizont eines Wortes, des Wortes Stall beispielsweise: ummauerte Enge, eingesperrte Tiere, dumpfer Dunst, eine Futterkrippe, der Duft von Heu, der Schrei eines soeben geborenen Kindes, die wandernden Weisen, die einem Stern folgen – der Horizont eines Wortes, sein magisches Hintergrundleuchten, sie weiten sich plötzlich bis nach Bethlehem.

MEIN STALLGERUCH

Mein Stallgeruch, den meine Nase seit der Kindheit noch immer bewahrt, ist eine Mischung aus Gerüchen von Fahrradöl, Kienspänen, Briketts, von dem, was Hühner hinterlassen, von Waschlauge, Heu und von Milch.

Im Fahrradstall, täglich, am frühen Morgen bereits, wartete jedes von Großvaters Werkzeugen auf seine ganz spezielle Arbeit, lehnten sich abends, wenn sie müde waren, zwei Fahrräder, wohl schon vor dem Krieg nicht mehr blitzblank zu putzen gewesen, jedoch stets gut geölt, aneinander.

Nebenan, im Kohlenstall, hortete man, Großvater sagte so, das Winterfutter für die gefräßigen Öfen im Haus, die ich eine Zeit lang bemitleidete, weil sie im Sommer ganz offensichtlich nichts zu essen bekamen, gab es doch nirgendwo einen Raum, in dem auch nur die Spur eines Sommerfuttervorrates für sie zu entdecken war. Im Hühnerstall versteckten die Hühner Eier, die mich Großmutter manchmal, außer an Ostertagen, dort suchen ließ.

An Ostertagen, besser gesagt: Am Ostersonntag durfte ich dann, wenn kein Schnee lag, im Gras des Gartens und unter frühen Rhabarberblättern wunderbar bunte Eier aus ihren grünen Verstecken befreien. Lag Schnee, fahndete ich im Hausflur, wo Körbe, Schuhe und Holzpantinen standen. Wurde ich dort nicht fündig, suchten meine neugierigen Hände auf den zwar nie gebohnerten, doch fast immer staublosen Fußbodenflächen unter der Glasvitrine, unter der Anrichte, unter dem Sofa und in den Fächern des großen Grammophonschranks, in denen die alten Schellackplatten verwahrt wurden, nach den bemalten Produkten aus dem Hühnerstall, die ein lichtscheuer Hase nachts in der guten Stube versteckt hatte. Was ich erst viel später erfuhr: Zu Weihnachten, regelmäßig, verlor ein Hahn oder ein Huhn auf dem Hackklotz vor dem Holzschuppen den Kopf.

Wenn mir ihr Fehlen, nach der Schneeschmelze meist, auffiel, hieß es, er oder sie sei auf das Hoftor gesprungen und von dort auf die stille Straße, die zu den Wiesen an der Elster führte, und über die Elsterbrücke sei er oder sie einfach so, ohne Abschied zu nehmen, in die weite Welt gewandert.

In der Waschküche, die ebenfalls zum Stallgebäude gehörte, waberte regelmäßig heißer Nebel, der nach Kernseife roch, stand das Brett mit den erstarrten Wellen aus Metall, auf dem Großmutter mit geröteten Händen Bettwäsche, schmutzige Arbeitskleidung des Großvaters, ihre Blusen, Röcke und Schürzen sowie auch meine dagegen winzig anmutenden Hosen, Hemden und das ungeliebte Leibchen schrubbte.

In Ziegenstall stand, natürlich, eine Ziege, und die Ziege hieß Minka, und Minka, da waren sich Oma und Opa einig, besaß Zauberkraft – Zauberkraft, als käme ihre Milch aus einem Wunderbrunnen.

Trink nur, trink, hieß es, wenn ich einmal krank war, dann wirst du im Handumdrehen wieder gesund.

Und wenn ich nicht krank war, hieß es: Trink nur, trink, du willst doch nicht krank werden, sondern groß und stark. Guck, wir trinken auch, denn wer die Milch von Minka trinkt, der wird hundert Jahre alt.

Bei diesen Worten stopfte sich Großvater meist eine Pfeife mit dem Tabak der Sorte Columbus Silber und sah den blauen Wolken nach, die am Küchenhimmel Richtung Fenster wallten.

Nun, nachdem ich fast sieben Jahrzehnte ohne ernsthafte Krankheit lebte, habe ich es endlich aufgegeben, über die Worte von Großmutter und Großvater, und damit über die wundersamen Kräfte von Minkas Milch zu lächeln.

Bleibt mir also nur noch reumütig Danke zu sagen. Danke, liebe Minka, wo auch immer du deinen Platz in der Ewigkeit fandest. Ich hoffe, wenn du dort etwas zu Meckern hast, dann nur aus purer Freude am Meckern.

VERSCHLOSSEN

Du bist zu menschenscheu, sagte meine spätere Frau, nachdem wir uns schon eine Weile kannten. Du musst auf die Menschen zugehen. Sie beißen nicht. Jedenfalls die wenigsten von ihnen.

Ja, sagte ich, und versuchte zu erklären: Oma-und-Opa-Kind.

Der Hof, zum Teil betoniert, zum Teil Arbeitsfläche für die Kreissäge (Tabu). In einer Ecke der Hackklotz, in einer anderen, rechts vom Küchenfenster, in Omas täglichem Blickfeld, mein Sandkasten. Außerdem: Unter dem Schuppendach (Tabu) Mülltonne, Tonne mit Karbid, Rechen, Spaten, Sichel, Sense, Wetzstein sowie der Handwagen, den Hofhund Charly, Briefträgerschreck, mit mir als Fahrgast, unter Aufsicht versteht sich, am langgestreckten Stallgebäude bis zur dort begrenzenden Mauer mit der Gartentür und wieder zurück zum Sandkasten ziehen durfte.

Dieser Hof also – mein Abenteuerspielplatz.

Das Hoftor jedoch mit den zwei großen Flügeln – das Tor zur Welt, hinter der die Jungen der Scheunenstraße in S., wie ich später erfuhr, die weite Prärie mit den unzähligen Bisons und wilden Pferden bis vor dem damals noch nicht rostfarbenen Wasser der Elster erkundeten – das Hoftor, es war immer verschlossen.

Vielleicht lässt sich der Schlüssel ja wiederfinden, sinnierte ich.

Sie nickte.

Aber eigentlich wussten wir damals bereits, dass es dafür längst zu spät war. Die Prärie gab es nicht mehr, und die Nachbarjungen waren vermutlich zu gezähmten, rechtschaffenen Familienvätern geworden, die – um zum Schluss dieses Textes noch einmal an die Sprache meiner Großeltern zu erinnern – über jeden Streich der damals noch allgegenwärtigen Lausbuben und Schlingel empört die Nase rümpften.

SCHWERE KINDHEIT

Ich hatte eine schwere Kindheit. Immer, wenn ich unartig gewesen war, sagte meine Mutter: Wenn du nicht hörst, musst du heute Abend zur Strafe barfuß ins Bett.

Und so weigerte ich mich schon nach dem ersten Mal, nachdem mir dies angedroht worden war, vor dem Schlafengehen die tagsüber getragenen Strümpfe auszuziehen.

Das währte Monate, wie ich glaube, vielleicht sogar ein Jahr lang, oder länger. Das währte solange, bis ich eines Abends über diese Drohung zu lachen begann und sie fortan bis zum heutigen Tag mit Vergnügen selbst in die Tat umsetzte.

Nur manchmal, im Winter, wenn mir kalt ist - und mir muss sehr kalt sein an den Beinen - dann hole ich ein paar dicke Socken aus der Schublade und ziehe sie vor dem Zubettgehen widerwillig, äußerst widerwillig an.

DER SCHALK IM NACKEN

Dir sitzt der Schalk im Nacken, sagte meine Mutter, manchmal, wenn sie, ich oder wir beide glaubten, ich hätte etwas besonders Witziges abgelassen.

Dir sitzt der Schalk im Nacken. Nach diesen Worten drehte ich jedes Mal Kopf und Oberkörper schnell nach rechts oder links, um von diesem Schalk endlich wenn auch nicht seine ganze Gestalt, so doch wenigstens sein Antlitz zu Gesicht zu bekommen.

Noch immer versuche ich das, wenn ich glaube, mit besonderem Witz geglänzt und danach die Stimme meiner Mutter gehört zu haben.

Ich bin fest davon überzeugt, diesen Schalk in naher Zukunft überlisten zu können, denn mein Kopf bewegt sich seit meiner Kindheit trotz zunehmender Altersbeschwerden nun gefühlte zwei bis drei Zehntelsekunden schneller nach links oder rechts in Richtung des mir im Nacken sitzenden Schalks.

MEINE MUTTER WAR SCHREIBKRAFT GEWESEN

Meine Mutter war Schreibkraft gewesen, nicht in der BRD, sondern in der RBD Berlin.

Sie verdiente 540 DDR-Mark im Monat und hatte vier Kinder.

Morgens hastete sie zur S-Bahn. Abends fuhr sie zurück in das Grün der kleinen Siedlung, in der wir wohnten. Hin- und Rückweg dauerten jeweils mehr als eine Stunde.

Nur wenige Jahre zuvor waren die Fahrten zur Arbeitsstelle *im demokratischen Sektor Berlins* und zurück zum Wohnort noch von ungleich kürzerer Dauer.

Doch die Gleise Richtung Westberlin, durch die halbe *Frontstadt* hindurch und dann wieder Richtung Osten, diese Abkürzung gab es *nach dem Bau der Mauer* Anno 61 nicht mehr. Und es gab für uns Jungen und Mädchen aus der *Zonensiedlung* auch nicht mehr die Möglichkeit, eine S-Bahn-Station weiter nach Frohnau zu fahren, und sich dort von einem Automaten auf dem Bahnsteig, natürlich gegen Westgroschen, mit Westkaugummi versorgen zu lassen. Ältere Brüder oder Schwestern, die im Westen arbeiteten oder abends dort ins Kino gingen, ließen sich sogar manchmal überreden, uns Zündplätzchenpistolen oder jene fast echt aussehenden Colts mitzubringen, mit denen die Leute dort ihre Zigaretten in Brand schossen.

Aber ich schweife ab. In Miniaturen sollte man möglichst selten erzählerischen Seitenwegen folgen, sonst gelangt man vom Hundertsten ins Tausendste, und ehe man sich`s versieht, ist so ein Miniatürchen zum Roman dickgefüttert. Romane aber sind, zieht man das lange Sitzen ihrer Verfasserinnen und Verfasser in Betracht, wohl mit Fug und Recht als gesundheitsgefährdend zu bezeichnen.)

Also: Die Zeiten der Abwesenheit meiner Mutter empfand ich damals, und bin auch heute noch nicht gegenteiliger Meinung, als äußerst lehrreich. Ich lernte Rauchen, Entschuldigungszettel fälschen, Essen kochen für meine Geschwister, dreieinhalb Griffe auf einer stets verstimmten Gitarre, sowie unbefugt und ungesehen das streng bewachte Grenzgebiet vor der Grenze zu Westberlin betreten, um von dort vom Spätsommer bis zum stärker werdenden Laubfall abseits der Postenwege die dicksten Pilze mit den breitesten Hüten heimzutragen.

Es waren trotz *Mauerbau* und schienenlosem Bahndamm Jahre mit nicht als zu lästig empfundenen Pflichten und fast zügelloser Ungebundenheit.

Dass aber auch das ungebunden erscheinende Leben einer *Schreibkraft* der etwas anderen Art, dem ich später entgegenträumte, ebenso wie das zumeist streng am Zügel geführte Leben meiner Mutter ein gehöriges Maß an Hingabe, Anstrengung und Selbstdisziplin erfordert, das ahnte ich erst geraume Zeit später, nachdem ich mit dem Verfassen eines Gedichts über hungrige Rehe im tief verschneiten Tann begonnen hatte, ein Bücherschreiber zu werden.

RBD Berlin – Reichsbahndirektion Berlin.
Demokratischer Sektor Berlins – bis 1961 auch Eigenbezeichnung der DDR für Berlin (Ost), die Hauptstadt der DDR.
Ostzone – Bezeichnung der westdeutschen Politik und Presse für Berlin (Ost) und die DDR.

DER SPRUNG

Einige Tage nach meiner Geburt, als mein Vater meine Mutter und mich vom Krankenhaus abholte, und wir in der kleinen Wohnung im Haus der Großeltern ankamen, hechtete er, so wurde es mir, als ich für solche Geschichten empfänglich geworden war, von meiner Großmutter mehrmals erzählt, da hechtete also mein Vater mit lautem Freudenschrei von der Schlafzimmertür in Richtung der Ehebetten, sodass Funken stiebten, und man von Glück reden konnte, dass nichts Schlimmeres passierte. Er habe nämlich vergessen, so fügte sie nach einer kurzen Pause wie einstudiert hinzu, vorher seine tagtäglich von früh bis spät am linken Mundwinkel klebende brennende Zigarette im Aschenbecher abzulegen.

(Für Interessierte: Er rauchte die Marke Turf, hergestellt in der Jasmatzi Zigarettenfabrik Dresden, später im VEB Jasmatzi und ab 1959 in den Vereinigten Zigarettenfabriken Dresden.

Mein Großvater hingegen rauchte ausschließlich Pfeife und bevorzugte den Rauchtabak Marke Kolumbus Silber, manchmal auch Kolumbus Gold aus der Unitas Zigaretten- und Rauchtabakwarenfabrik Schwerin.)

Doch zurück zu dem, was mir, ich weiß nicht warum, heute morgen in den Kopf kam, als ich den blickdichten Vorhang vor dem ebenso undurchschaubaren Nebel hinter dem Fenster zurückzog.

In den Kopf kam mir mit dem Abstand der seit jenem Tag gelebten Jahre, dass meine Mutter bereits wenige Monate nach meiner Geburt, also im sechsten Jahr nach dem zweiten großen Krieg im vergangenen Jahrhundert von meinem Vater *sitzen gelassen* wurde.

Und mir fiel ein, dass sie die Hechtsprunggeschichte in späteren Lebensjahren im Gegensatz zu den wenigen anderen, meist unwillig überlieferten Geschichten über meinen Vater. noch um das eine oder andere Detail ausschmückte.

Der Schluss der von ihr bevorzugten Variante lautet: Und als dann die Funken flogen, und aus den Federn seines Kopfkissens die erste Flamme züngelte, da fiel mir ein, dass wir unter meinem Bett stets einen Nachttopf, zu einem Viertel mit Wasser gefüllt, stehen hatten. Wäre das nicht der Fall gewesen, hätte dieser Mensch uns womöglich das ganze Haus in Brand gesetzt.

Ich sehe die Situation, egal in welcher Ausschmückung sie überliefert wurde, vor mir, als hätte ich sie bewusst und in allen Einzelheiten miterlebt. Aber auch dann hätte ich mir von meinem Vater kein Bild machen können, das ihm auch nur annähernd gerecht geworden wäre. Meine hilflosen Fragen jetzt, zurück in die Vergangenheit, verhallen im Schweigen über den eingeebneten Gräbern. Meine Erinnerung sieht ihn nicht, den Vater, hört ihn nicht, kennt seinen Geruch nicht, bewahrt kein Streicheln, kein Wort, kein Lied, keinen Abend unterm Weihnachtsbaum, keinen von ihm erfüllten Wunsch, nicht seinen Zorn oder sein Lachen über eine von mir beim gemeinsamen Fußballspielen zerschossene Fensterscheibe. Und ich weiß auch nicht, ob er zu seinen Lebzeiten je in eines meiner Bücher geschaut hat, um sich möglicherweise darin zu finden, oder mich, und ob er dann enttäuscht war, dass er nur mich darin fand und nicht sich – oder nicht enttäuscht war, denn er hatte mich vielleicht zumindest in dem, was ich über mich schrieb, gefunden und eingesehen, dass es auf Grund seiner Entfernung, besser: seines Entfernens – unmöglich war, auch sich in diesen Büchern zu finden. Präsent ist darin, wenn von Kindheit die Rede ist, nur seine mir unerklärliche Abwesenheit, in der ich ihn nie suchte, weil ich ihn nie vermisste, damals.

Aber ...

Aber ich weiß ja gar nicht, ob er überhaupt jemals auf irgendeine

Weise davon Kenntnis erhielt, dass dieser von ihm verlorene Sohn sich auf solche Art betätigte.

Was ich sehe ist sein jungenhaftes Lächeln auf dem einzigen im Nachlass meiner Mutter auffindbaren Foto von ihm. Und wenn ich es ansehe, höre ich noch immer wie vormals, wenn die Rede, selten, sehr selten auf ihn kam, die in wenig schmeichelhafte Worte verpackten Charakterisierungen seiner Person durch meine Mutter: Teigaffe, Schürzenjäger, Hallotri ... Wenn du so weitermachst, wirst du wie er.

Dabei sind mir die Mädels im Gegensatz zu ihm – ? - nie nachgelaufen.

Auch diese Worte meiner Mutter haben sein Lächeln auf dem Foto dunkeln lassen, mich nicht herausgefordert, mir, als noch Zeit dafür war, ein eigenes Bild von ihm zu machen.

Gesichert scheint, ich soll meinem Vater drei Tage nach meiner Geburt während seines Besuches im Krankenhaus den kleinen Finger der rechten Hand gereicht haben.

Er, leider, tat dies nie.

NACHLASS

Der Keller kam zuletzt dran. Leere Kartons, versehrte Möbel, ein rostiger Vogelkäfig, ein Damenfahrrad aus Großmutters Zeiten, zwei alte Kaffeemaschinen, das von einem dagegen gelehnten Rahmen zerkratzte Bild mit dem Titel "Am Strand", das, ich erinnerte mich, von meiner Mutter nur "Der Junge und das traurige Mädchen am Meer" genannt wurde.

Danach, in einem fast leeren Regal, stand vor mir, eingeschwärzt und sehr einsam wirkend, der Rauchverzehrer "Büchereule" (mit Nachtlicht, lackiert), und hinten, in einer Ecke, wo die Spinnen wohnten, die Fahne, eingerollt, ergrautes Rot. Sie leuchtete vor Zeiten über dem Kopf meiner Mutter und dem eines bärtigen Mannes, der zu ihrer Linken ging. Ich trottete rechts von ihr dahin, gehalten von ihrer Hand, damit ich nicht abhanden kam. Und deshalb war die Fahne dem Bärtigen auch anvertraut worden, denn wer kann schon gleichzeitig eine flatternde Fahne und einen womöglich flatterhaften Jungen halten, der an diesem schönen Maitag am liebsten zu Hause geblieben wäre, um mit seinen Stammesbrüdern in der Prärie vor der Siedlung auf seinem imaginierten Mustang mutig den anstürmenden Bleichgesichtern entgegenzureiten.

Die Fahne also, einem bärtigen Fremden anvertraut, damit ich hinter Marschmusik und zwischen Marschierenden nicht verloren ging.

Deutsche an einen Tisch, rief der Bärtige. Als er es wiederholte, schlossen sich andere an. Wir befanden uns nicht weit von jenem großen Tor entfernt, das im folgenden Jahr Teil der Grenze wurde, die die Stadt teilte und die beiden deutschen Länder voneinander abschottete.

Viele Jahre später, die Grenze war längst wegdemonstriert worden, wartete draußen vor dem schmalen, wie eine Luke wirkenden Kellerfenster der letzte Container auf die noch verbliebenen, nicht mehr brauchbaren Dinge.

Und oben, in der fast leeren Wohnung, neben Kartons mit Büchern, harrte die halbvolle Waschmaschine wie ein Raubtier mit geöffnetem Maul.

Wohin also mit der Fahne? Wie auffrischen dieses ergraute Rot, dachte ich. Und warum? Nie wieder wird es leuchten wie damals. Wie damals über dem Kopf meiner Mutter.

Was tun, dachte ich.

DER TRAUM DES ALTEN

DER SIGGI

Er hatte so Sprüche drauf, der Siggi, damals, im kleinen, vor langem untergegangenen Land, als die Werkhallen noch staubgrau waren und laut. Diese Sprüche hatte zwar niemand vorher gehört, aber Siggi behauptete steif und fest, die seien schon lange im Umlauf. Bei den Leuten auf den Tonga Inseln des Königreichs Tonga zum Beispiel. Auf Malle. Oder den Maleviten.
Das durchschaute nicht jeder. Doch für jeden, der das durchschaute und dann Siggis Erfindungsgabe bewunderte, war das ein Heidenspaß. Ob in der Werkhalle oder in der Kneipe. Ob auf dem Fußballplatz oder beim Schach. Ich schwöre: Siggi spielte wirklich Schach, Bezirksliga, glaub ich. Und egal, ob er gewann oder verlor, Siggi gab dem Gegner beim abschließenden Handschlag einen Spruch mit auf den Weg. Das war, so stellte ich mehrmals als Zuschauer fest, meistens der gleiche und nur gelegentlich geringfügig variiert.
Das können viele bestätigen, denn Siggi sprach deutlich und ohne die Stimme zu dämpfen: Zwei Hähne und kein Huhn in Sicht – gackre du, ich gackre nicht.
Meist war man sehr lange mit der Deutung von Siggis zunächst sinnlos anmutenden Sinnsprüchen in Anspruch genommen. Nie konnte man das Gemeinte sofort eindeutig gedanklich fixieren.
Fast jede Interpretation, die sich in den Kopf drängte, erwies sich bald als nur halbwegs zufriedenstellend.
Aber es gab Ausnahmen. Es gab Deutungsversuche, die ich schnell, vielleicht vorschnell gelten ließ. Meistens jedoch dauerte es Tage, ja Wochen, bis der Groschen fiel. Und mancher Groschen fiel nie. Nicht mal in der Zeit danach, als es keine Groschen mehr gab.
An einen solcher Fälle erinnere ich mich besonders gut. Siggi war damals kurz vor der Mittagspause an meine Maschine gekommen.

Siehst heut so bedröppert aus, hallte es in mein rechtes Ohr.

Hab auch allen Grund dazu, brummte ich.

Waaas, schrie Siggi gegen den Lärm der neunundzwanzig in der Werkhalle versammelten Ungetüme an. Musst schon lauter reden!

Sie ist weg, schrie ich zurück.

Weeer?

Na die mit dem ...

Der Geräuschpegel in der Halle ebbte langsam ab. Auch ich schaltete meine Maschine aus, musste meine Stimme nun an das zu einem Summen geschrumpfte Dröhnen anpassen.

Na die mit dem altmodischen Zopf und drei Rühreiern zum Frühstück, sagte ich mit fast schon zu leiser Stimme. Packte ihre sechs oder sieben Sachen und verschwand. Ich weiß immer noch nicht, ob ein anderer Mann dahinersteckt oder ob sie mir für irgendwas, ich weiß nicht was, eine Lektion verpassen wollte.

Nun ja, sagte Siggi, die Neugier in El Paso steigt, wenn der Stehgeiger stets im Sitzen geigt. Komm, wir gehen essen.

Siggis Sprüche, das war mir spätestens nach seiner ersten Verhaftung klar, sie glichen Rätseln, deren mögliche Lösungen niemanden in Gefahr brachten. Nur er selbst geriet zwei- oder dreimal ins Visier übelwollender Mitbürger oder Mitbürgerinnen, die glaubten, eines Rätsels staatsfeindliche Lösung gefunden zu haben. Danach wurde Siggi zu Hause von unauffällig gekleideten Männern abgeholt und in ihrem ebenfalls unauffälligen Auto zu ihrer Dienstelle gebracht.

Als man ihm nach zweitägigem Warten in einem spartanisch eingerichteten Verhörraum einige seiner getätigten Sprüche vorhielt, gab er die Authentizität dieser von ihm als Aphorismen bezeichneten kleinen Sprach- und Denkkunstwerke unumwunden zu.

Nur einmal musste er die Befrager korrigieren. Er habe keinesfalls von Staatsschwierigkeiten sondern ganz einfach von Startschwierigkeiten beim letzten Betriebsfest gesprochen. Da müsse man sich aufgrund des lauten Windes und des Stimmengewirrs auf dem Sportplatz schlichtweg verlauscht haben. Für die Richtigkeit seiner Angaben könne man alle Kolleginnen und Kollegen der Mannschaft, der er angehöre, konsultieren.

Und nach kurzem Schweigen aller Beteiligten habe er noch hinzugefügt, dass Schotten, und das sei ja hinlänglich in aller Welt bekannt, mit Vorliebe Rockkonzerte gäben und in alten Filmen fast nie in Hosenrollen zu sehen seien.

Politisch war dem Siggi und seinen Sprüchen nicht beizukommen. Man ließ ihn wieder laufen. Und Siggi pfiff sich eins von seinen Liedern, deren Melodien zuvor ebenfalls niemand kannte.

UNVERGESSEN

... und es ist auch kein Wunder, dass er laufend Prügel bezog.
Wenn du mich noch mal duzt, dann hau ich dir eine Delle in die
Gewürzgurke. Das sagte er zu jedem, der unvermittelt mit ihm
einen auf Kumpel machen wollte. Aber er war kein Bud Spencer.
Kennst du vielleicht nicht mehr, diesen Haudrauf, aus 'm Kino, der,
bevor er draufhaute, immer so einen lockeren Spruch aufsagen
musste.

Ja, stimmt, im Fernsehn wird's manchmal noch wiederholt.
Aber was wiederholen die da nicht alles. Woche für Woche. Monat
für Monat. Das ganze Leben – eine einzige Wiederholung.
Also der Manne jedenfalls, der war in Ordnung. Vor dem würde ich
heute den Hut ziehen, nicht grinsen. Menschen mit Prinzipien sind
selten geworden. Meinst du nicht auch?
Und nun komm. Der da drüben, am Nebentisch, der guckt schon so
komisch, und ich bin kein Manne.

DAS AUFSEHEN

Also gestern. Das war ein Tag gewesen, kann ich euch sagen.
Erst ging der Staubsauger kaputt. Dann verabschiedete sich die
Waschmaschine.

Gibt eines der Geräte im Haushalt den Geist auf, folgt, darauf könnt
ihr wetten, ein zweites. Das scheint ein ungeschriebenes Gesetz zu
sein. An solchen Tagen erwartet man dann geradezu noch eine
dritte Katastrophe. Selten, dass sie ausbleibt. So auch gestern
nicht.

Ich blickte in die Runde der Kolleginnen und Kollegen. Zumindest
an dieser Stelle meiner Schilderung hatte ich Aufmerksamkeit,
hatte ich Neugier erwartet.

Doch sie saßen am Frühstückstisch, kauten, tranken Kaffee oder
ihren Gesundheitstee, tippten mit schmierigen Fingern an ihren
Handys herum und hoben nicht mal die Köpfe, was ja nun das
Mindeste gewesen wäre.

Andrea war es, die sich nach einer Weile meiner für sie offensicht-
lichen Hilflosigkeit erbarmte. Aber sie fragte keineswegs nach dem
dritten Gerät, das gestern bei mir den letzten Weg aller irdischen
Gebrauchsgegenstände angetreten hatte.

Tja, sagte sie, dagegen kannst du nichts machen. Hab ich auch
schon ein paarmal durch. Aber das weiß man ja. Die sowas her-
stellen, die stellen das nicht für die Ewigkeit her, sonst wären sie
bald arbeitslos, und ihre Chefs, die das ausgeheckt haben, gleich
mit.

Genauso denke ich mir das auch, sagte ich, und nickte Andrea
dankbar zu, die sich nun wieder ihrem bunten Blatt mit den Hof-
berichterstattungen, ich meine die über Königs- und Fürstenhöfe,
zuwandte.

Also, ich hob die Stimme, fast war es ein Rufen, also, ob ihr es glaubt oder nicht, als drittes Gerät nahm am Abend die Kaffeemaschine für immer Abschied von mir.

D i e   K a f f e e m a s c h i n e ! Ein Abend ohne Kaffee! Katastrophe! Fast nicht zu überleben, rief ich.

Ein oder zwei in der Runde am Tisch murmelten etwas, das ich nicht verstand. Die anderen widmeten sich weiter ihrem Frühstück und ihren Handys, außer Andrea, die bis zum Ende der Frühstückspause am bunten Bild einer Königsfamilie, ich glaube, es war die dänische, verweilte.

Wisst ihr, was mir zu guter Letzt an einem solchen rabenschwarzen Tag blieb, um mich etwas runterzufahren und ihm einen sinnvollen und schönen Abschluss zu geben? Na, wisst ihr's? Haydn, hauchte ich, die Violinkonzerte von Josef Haydn, alle drei, die überliefert sind.

Da, plötzlich, sahen mich alle an, als wären sie von einem Paukenschlag aufgeschreckt worden und sähen mich zum ersten Mal.

DER TRAUM DES ALTEN

Vergessen der nachts im Traum geschriebene Satz, der sich auf magische Weise – ich schrieb ihn auf Papier – in einen Weg verwandelte, einen Weg, den ich wiedererkannte.

Vergessen der Satz, doch ich musste den Kopf nur leicht zur Seite wenden, und ich sah diesen gewundenen, vormals für gerade gehaltenen Weg, den ich gegangen war, auch auf dem Papier. Sah ihn, träumend noch immer, wie er sich, rückblickend nun, in konturloser dunkler Ferne verlor.

Dann ...

Dann der nicht zu verdrängende, mit keinem Ruhekissen zu erstickende Gedanke: Der Weg ist das Ziel.

Oder war es ein Ruf aus dem Dunkel, aus unsrer Geschichte?

Ja, Genossen, rief ich aufgeschreckt (natürlich immer noch träumend), ja, euch, die ihr schon lange gesang- und klanglos aus meinen Träumen verschwunden und irgendwo auf dem Weg in die Realität durch die Gezeiten verschütt gegangen seid: Euch meine ich, und dich, Kamerad Schnürschuh. Wer wart ihr wirklich? Wer befiehlt eure Wege, jetzt, vorausgesetzt, ihr seid unterwegs noch? Wahlplakate? Werbeprospekte? Die Heimleitung?

Oder das elektronisch an die Apotheke überwiesene Rezept des Arztes?

Die Sänger aus Finsterwalde?

Oder jene mit unseren Gebühren von den öffentlich-rechtlichen Sendern vergoldeten Stimmen nebst ebensolchen Wasserhähnen in den goldigen Badezimmern?

Wo habt ihr eigentlich unsere Fahnen entsorgt? Auf welchem Flohmarkt die Orden und Medaillen ausgepreist und angepriesen?

Der Weg – das Ziel?

Warum habt ihr das nicht gleich gesagt? Früher, noch vor dem jähen Erwachen? Habt ständig vom großen Ziel geredet, ungern vom Weg dorthin. Und nun? Nun ruft ihr in meinen Traum hinein, der Weg sei das Ziel gewesen? Dann wäre ich ...

Dann waren wir also damals, noch bevor wir richtig losgingen, bereits angekommen? Und so soll ich jetzt – warum zeigt ihr euch nicht – auch hier, wiederum keinesfalls bis hin zum künftig Möglichen denken? Geschweige denn das Unmögliche?

Weg = Ziel?

Ich möchte nun aber, und das, auch ohne auf euer Verständnis zu treffen, nach dem Frühstück oder spätestens nach dem Mittagsschlaf meine eigenen Ziele suchen und mich zu einem, das mich anzieht, auf die Socken machen, trotz klappriger Beine und trotz – nein, gerade wegen der Grillen im Kopf, denn ein Ziel ohne diese magnetische Anziehungskraft und meine von euch stets misstrauisch beäugten Grillen würde ich nie und nimmermäh ansteuern. Sollte also wirklich noch einer von euch in meiner Nähe herumgeistern, dann bitte ich umgehend, von ihm geweckt zu werden, rief ich antwortend auf den vermeintlichen Ruf.

Aber ich rief ins Echolose, vielleicht ins Leere, vielleicht in die schwarz gewordene Materie des Schlafes oder, wie gesagt, in die der Geschichte, sodass ich hochschnellte, erschrak, wie nach einer sehr lauten Stille, und erwachte.

Wer denkt sich denn bloß solche Träume aus, fragte ich mich.

Ziellos und etwas verwirrt begann ich meinen Weg dem Morgenrot entgegen.

AM RAND DER ZEIT

HUMBOLDT

Diese endlosen Ströme, sagte Humboldt leise vor sich hin.
Diese endlosen Ströme, warum tue ich mir das an? Kennst du einen, kennst du alle. So viele Weltgegenden du auch zu sehen
glaubst, du siehst nur diese Ströme und ihre Ränder, bestenfalls die
Ränder. Und auch die nur am Tag. Wo eigentlich bist du zu Hause?
Wirklich zu Hause? Wo möchtest du heimisch sein oder werden?
Und mit wem? Und wo begraben?
Das also war er, der Jungen Traum, der Jugendtraum: die Welt entdecken, die Ferne, dieses magisch funkelnde Wort aus Fantasie mit
wirklich Gesehenem, Gehörtem, mit dem, was man riecht, und
schmeckt und spürt anreichern. Alles sozusagen am eigenen Leib
erleben: die Länder, ihre Besonderheiten, die Besonderheiten der
dort lebenden Menschen, alles, was man sich, stets am selben Fleck
verharrend, wo man jeden Grashalm und jedes Menschen Nase
kennt, nur schwer oder gar nicht vorstellen kann.
Oder ...
Oder wäre solch ein Leben nicht doch das bessere Leben: Haus,
Hof, Kinder ...? Früh, auf der Straße, sich noch einmal umdrehen,
winken, am Abend wieder zurückkehren. Der Hund kommt
schwanzwedelnd entgegengelaufen. Die Katze, am Hoftor, putzt
sich scheinbar desinteressiert das linke Hinterbein und trottet dann
dem Hund und seinem Herrchen Richtung Haus hinterher.
An Sonntagen würde man im Park am Fluss oder auf dem Fürstenwall spazieren gehen. Oder würde ausfahren, die Eltern besuchen,
und natürlich Tante Pauline, die ihm zum achten Geburtstag ihren
Globus geschenkt hatte, auf dem Länder und Meere schon ein wenig ergraut waren und dennoch unter den Blicken des Jungen in
verlockenden Farben erschimmerten.

Trautes Heim – Glück allein? Eigener Herd – Goldes wert?
Manches, in manchen Familien, wer weiß warum, überliefert sich
durch Generationen hindurch.

Gereimte Weisheiten? Nein. Wohl eher Lebensmaximen oder Sehn-
süchte kleiner Leute, die sich selbst so bezeichneten oder mit be-
wusstem oder unbewusstem herablassendem Tonfall von Höher-
gestellten oder sich höher Dünkenden so bezeichnet wurden.

Ist solch ein idyllischer Lebenstraum noch lebbar – jetzt? War er
das je gewesen? Konnte er je von Dauer sein in all den Jahrhun-
derten mit ihren Hungerjahren, den verheerenden Kriegen? Ist er
nicht längst ausgestorben? Oder wird er noch immer geträumt und
zur Sprache gebracht, nur mit anderem, zeitgemäßem Vokabular?

Und der andere, der aus dem Fernweh geborene Traum? Aus?
Vorbei?

Oder lebt er ebenfalls noch, ist nur in m i r gestorben?

Keinen Pinguin wird man nach mir benennen, keinen Asteroiden,
nicht einmal einen Hefepilz.

Wie ein elektrischer Impuls zuckte es plötzlich durch seinen Körper: verfluchter Sekundenschlaf! Augen auf! Mach die Augen auf!

Er löste die rechte Hand vom Steuer und rieb sich kurz mit dem
Zeigefinger über die Lider. Hinter ihm hupte man bereits, begann
ihn zu überholen.

Nachts, in diesem Strom glühroter Rücklichter, da könnte ein
winziger Moment des Träumens das Leben kosten.

Er gab Gas und trieb erneut ohne zurückzubleiben im Strom mit.

Im Radio begannen die Nachrichten mit einer Meldung aus einem
der nicht mehr fernen Kriege.

ROSEN

Er betrat das Café, verharrte, blickte sich um.

Nur ein einziger Platz, an einem Zweiertisch, an dem eine ältere Dame saß, war noch frei. Gott sei Dank, dachte er. Gott sei Dank, keiner der älteren Herren. Die hatten so ihre Standardsätze, um andere ins Gespräch zu ziehen, sie gar nicht erst zum Nachdenken, zum Aufatmen kommen zu lassen. Und um ungestört aufatmen zu können, Abstand zu diesem hinter ihm liegenden Vormittag zu gewinnen, hatte er dieses Café betreten, hatte er die Anonymität unter Fremden gesucht.

Wäre aber nur noch ein Platz am Tisch eines älteren Herrn frei, würde der Beginn eines Gespräches, das dann mit hoher Wahrscheinlichkeit nur aus einem Monolog bestünde, unausweichlich sein. Er hatte das bereits mehrmals erlebt. Ein belangloser Satz von ihm als Antwort, nur so dahingesagt, und dann die Reaktion: Ach, ich könnte ihnen da Geschichten erzählen. Ganze Romane hab ich erlebt. Wenn ich bloß Zeit hätte, dann würde ich alles aufschreiben. Sie würden Augen machen, und ich, ich wäre ein gemachter Mann. Allein gestern, ob Sie es glauben oder nicht, gestern …

Er ging die wenigen Schritte zum Tisch der älteren Dame.

Entschuldigen Sie, ist dieser Platz noch frei?

Die ältere Dame nickte, machte eine einladende Handbewegung.

Er setzte sich, bestellte Milchkaffee und Bienenstich und dachte an den Besuch im Krankenhaus zurück. Vielleicht hätte ich statt der Nelken doch Rosen mitnehmen sollen. Aber sofort verwarf er diesen Gedanken wieder. Rosen, nach so vielen Jahren, die sie sich kannten, da könnte sie ja sonstwas denken.

Er nahm die kleine Kuchengabel, die wie ein Dreizack aussah, und zerteilte das Kuchenstück.

Und wenn, dachte er, und wenn sie sonstwas denkt, was wäre daran so schlimm? Es hatte sich doch schon vor Wochen, noch vor ihrem Unfall, etwas zwischen ihnen verändert, das sie möglicherweise genauso wie ihn in eine bisher unerklärliche Unsicherheit versetzte. Die Unbefangenheit, mit der sie all die Jahre, meist in den Mittagspausen, miteinander gesprochen hatten, diese Unbefangenheit, er zumindest hatte sie verloren. Aber warum?

Nachdem er am Milchkaffee genippt und vom Bienenstich gekostet hatte, drang die Stimme der älteren Dame in sein Bewusstsein:

Was meinen Sie, gibt es Leben auf dem Mars?

Bitte?

Sie müssen doch eine Meinung haben. Also, gibt es ihrer Ansicht nach Leben auf dem Mars?

Ich war noch nicht dort, sagte er.

Und, fragte sie.

Was und?

Und möchten Sie hinfliegen?

Was soll ich denn auf dem Mars, fragte er zurück.

Na was schon, sagte die ältere Dame, nachgucken, ob es da Leben gibt.

Warum sollte ich das?

Ja, wenn sie dort Leben entdecken würden … Sie seufzte.

Was wäre dann, fragte er.

Dann wären Sie unsterblich, erwiderte sie. Ihr Name wäre für immer in die, wie sagt man, ach ja, in die Annalen der Wissenschaft eingeschrieben.

Ich pfeif drauf, hätte er am liebsten geantwortet. Doch er zügelte sich, trank einen Schluck Milchkaffee und sagte, dass er kein Wissenschaftler sei, und dass ihn in erster Linie die irdischen Angelegenheiten interessierten.

Naja, sie zögerte, sprach dann jedoch weiter, vielleicht sind Sie ja auch schon ein wenig zu alt für solche weiten Reisen. Es kommt nämlich auf das Startfenster an. Das öffnet sich leider nur alle 26 Monate. Ist das Startfenster dann wieder zu, und Sie brechen zum Mars auf, dann fliegen sie jahrelang bis sie dort ankommen. Vom Rückweg gar nicht zu reden.

Er spürte Enttäuschung und gleichzeitig einen ihm unbegreiflichen Vorwurf in ihrer Stimme.

Warum fliegen Sie eigentlich nicht selbst zum Mars, um nachzusehen, ob es dort Leben gibt? Was hält Sie hier, auf diesem Planeten? Das kann doch nicht bloß die Schwerkraft sein.

Mein Knie, antwortete sie. Das würde mein Knie nicht mitmachen. Und ein bisschen vergesslich bin ich, und das nicht erst seit heute. Was habe ich nicht alles vergessen, wenn ich früher, als mein Mann noch lebte, mit ihm in den Urlaub fuhr! Du würdest sogar deinen Hintern vergessen, wenn er nicht angewachsen wär, hat er in solchen Fällen gesagt, und ich bin dann los, um das Fehlende einzukaufen. Aber auf dem Mars kann man ja nun nicht gleich in das nächste Geschäft gehn, um Zahnbürsten oder Badelatschen zu besorgen.

Vielleicht, sagte er, mehr zu sich selbst als zu ihr, vielleicht ist es auf dem Mars, wenn man allein ist, genau so trostlos wie auf der Erde. Sie lächelte ihn an. Oder besser: Ihre bernsteinfarbenen Augen waren es, die ihn anlächelten, sodass er sich fragte, ob sie ihn nicht die ganze Zeit zum besten gehalten hatte.

Er aß den Bienenstich auf und zahlte.

Vielleicht hätte ich doch Rosen mitnehmen sollen, dachte er, und verließ das Café.

KOSCHEK

Stellen Sie sich vor, Sie wohnen in einem Haus ohne Straße am Haus, hätten ohne Straße am Haus weder Hausnummer noch Adresse, wären, obwohl Sie existieren, für alle anderen nicht existent. Das müsste doch schrecklich sein – oder? Ein Leben lang nicht auf die Straße gehen können. Wär das ein Leben?

Und Besuch? Wer würde Sie aufsuchen? Niemand. Und wer, frage ich Sie, nähme es auf sich, für Sie einzukaufen? Wie sollte er den Einkauf zu Ihnen bringen, ohne Straße? Bestellen könnten Sie ebenfalls nichts. Keine Lieferanschrift.

Wie, sagen Sie mir, könnte jemand dort, unter solch unwürdigen Wohnverhältnissen und fern der Welt jemals eine Frau fürs Leben oder gar eine Partnerin kennenlernen?

Oder, bitte erschrecken Sie nicht, was tun, wird man in diese Umstände hineingeboren? Unvorstellbar.

Und noch unvorstellbarer: Bereits die Eltern hätten so gelebt, wie eingemauert. Und nun du selbst. Nichts mit Fußballspielen auf der Straße. Ja, ich weiß, ich weiß, das macht sowieso keiner mehr, dort, wo es noch Straßen gibt vor den Häusern.

Aber nur mal gesetzt den Fall: Ein Vater möchte mit seinem Sohn auf der Straße Fußball spielen, und es ist keine da. Nie wird er dem Sohn einen Ball kaufen. Nie wird der Sohn ihn, absichtslos natürlich, ausgerechnet gegen das Fenster einer alten Dame schießen, sodass die Scheiben splittern. Wie kann sich unter solchen Umständen zwischen Vater und Sohn eine Beziehung entwickeln?

Und später? Warum sollte er sich ein Auto kaufen? Sein Vater hatte ja auch keins.

Aber mal angenommen, der Bengel kaufte sich trotzdem ein Auto. Wozu, frag ich Sie. Wozu braucht jemand ohne Straße ein Auto?

Was wäre die Folge? Frust. Endloser Frust.

Wie ihn abbauen? Wie könnte sich der Junge in solchen Situationen je gelassen ans Fenster setzen und einer Sie oder einem Er, je nachdem, wer gerade von der Arbeit kommt oder zur Arbeit geht, als offensichtlich freundlicher, stets gut gelaunter Nachbar zunicken? Nicht mal jemandem am Fenster gegenüber zuzwinkern könnte er, einer jungen Frau beispielsweise, denn es gibt kein Fenster gegenüber. Ein Fenster gegenüber setzt eine Straße zwischen den beiden Fenstern voraus. Und selbst wenn es eine Straße gäbe, wäre damit noch nicht gesagt, dass zum Fenster gegenüber auch eine hübsche Frau rausguckt.

Aber lassen wir das. Nehmen wir an, es wäre umgekehrt: eine Strasse ohne Haus. Das wär doch wohl auch nicht das Wahre. Nicht wahr? Ein Leben nur auf der Straße. Ohne Obdach. Obdachlos also. Ich mag's mir gar nicht ausmalen.

Dann lieber ein Haus voller Katzen. Ein Katzenhaus sozusagen. Hundehalter würden in ein Haus ohne Straße davor sowieso nicht einziehen. Wie sollten Sie Gassi gehen mit ihrem Liebling, wenn keine Gassi, Verzeihung, keine Straße vorhanden ist, ergo: auch keine Straßenlampe, an deren Mast das liebe Tier ein Hinterbein heben kann?

Kurzum: Stellen Sie sich also vor, Sie wohnen in einem Haus, na Sie wissen schon, sagt Koschek, in einem Haus mit dreizehn Hunden und keiner Straßenlaterne weit und breit.

Er blickt sein Gegenüber Zustimmung erheischend an.

Schrecklich, bestätigt der Fremde die eben vernommenen Horrorvisionen. Zum Glück, sagt er, befinden sich jedoch gleich zwei Hauptverkehrsadern in nächster Nähe des Gebäudes, in dem i c h wohne. Doch jetzt, jetzt müssen Sie mich leider entschuldigen. Er gibt dem Ober ein Handzeichen, zahlt und verabschiedet sich von Koschek.

Koschek hebt sein Glas, wünscht dem Fremden einen guten Weg, trinkt, begleicht seine Rechnung und geht wenig später heimwärts in Richtung der Baustelle vor seinem Haus.

REKONSTRUKTION

Also das war so: Sie trafen sich auf der Treppe, der Müller aus dem dritten und die Koschinat aus dem zweiten Stock. Hab sie gehört. Zufällig. Durch meine geschlossene Wohnungstür. Das Haus ist immer noch hellhörig. Wie vor der Rekonstruktion, von der jetzt behauptet wird, sie sei nur eine Teilrekonstruktion gewesen, von Anfang an so geplant. Na egal.

Sagte der Müller also zu ihr: Ich habe Sie lange nicht gesehen, Frau Koschinat. Waren Sie krank? Auch Ihr Fenster ist immer zu.

Wie man's nimmt, antwortete Frau Koschinat.

Ich sah den Müller richtig vor mir, wie er den Kopf hob, sie verständnislos anguckte.

Wir meinen Sie das, fragte er endlich.

Saharastaub, erwiderte sie trocken.

Und ehe der Müller wieder dumm gucken konnte, fügte sie hinzu: Ich vertrag den Saharastaub nämlich nicht. Man sagt zwar, er sei ungefährlich, aber die sagen viel, wenn der Tag lang ist. Jeder hört doch, wie ich huste, seitdem der Staub aus der Wüste hier runterfällt. Einen Tag, bevor sie das zugeben mussten, hat es angefangen mit meinem Gekrächze.

Dann hörte ich, wie der Müller sich laut räusperte, und die Koschinat schwieg.

Muss doch nicht am Saharastaub liegen, sagte Müller schließlich.

Prompt kam ihre Gegenfrage: Woran denn sonst?

Ja, und danach schnappte ich leider nur noch ein paar Brocken vom Müller auf. Oben, im Fünften, drehte die Harnik wieder das auf volle Lautstärke, was sie Musik nennt.

Der Müller jedenfalls redete, so weit ich das mitkriegte, irgendwas von Scheißwetter, Grippezeit und einem viel zu dünnen Jäckchen.

Danach ist die Koschinat wohl sehr schnell wieder nach oben ge-
stapft. Ob sie Post hatte oder umsonst unten am Briefkasten war,
hab ich natürlich nicht gesehen.

So Liebling, das war's. Bist du nun zufrieden? Mehr hat mir der aus
dem Ersten über den Müller und die Koschinat nun wirklich nicht
erzählt. Ich habe dir alles wiedergegeben, wörtlich. Ist deine Neugier jetzt gestillt?
Und nun will ich endlich wissen, was dir diese angebliche Schul-
freundin von mir gestern Abend, als ich nicht zu Hause war, am Te-
lefon zugetragen hat.
Ich höre.

HERR REGENTAG

Auf seinem Tisch leuchtet das Hundertwasserhaus in den von Dämmerung ergrauten Raum. Die kleinen Fenster vor den Augen des Betrachters wirken wie Bilder, die in dieses Dämmern ein zaubrisches Licht verströmen. Flammengleich züngeln die Farben an den rot-gelben Zwiebeltürmen, den Farben eines Gewitters gleichen jene an den blau-violetten, und, ja, den Farben einer Zwiebel ähneln die zwiebelfarbenen.

Über dem Haus glüht eine blau gezackte Sonne in goldenem Glast, wohl einst von Herrn Stowasser selbst so gesehen und gemalt, bevor sie reproduziert und wie das Haus auf Glas ins Bild gesetzt wurde.

Der Betrachter am Tisch, er würde als kauzig gelten, gäbe er seinem immer stärker werdenden Wunsch nach Offenbarung seines vermeintlich wirklichen Namens und des mit ihm verbundenen Traums bei jeder mehr oder weniger zufälligen, doch stets nur flüchtigen Begegnung nach. Sagen Sie bitte Herr Regentag zu mir, möchte er sagen – zu seinen Nachbarn, zu allen, die er kennt, die ihn grüßen, ihn mit dem Namen ansprechen, der auf seinem Ausweis steht, oder zu Fremden, die fragen, wer er sei. Sagen Sie bitte Herr Regentag zu mir oder meinetwegen auch Fritz oder Friederich. Das würde mir ebenfalls gefallen.

Und während er also schweigend verschweigt, denkt er bei dem Wort Regentag natürlich an einen Regentag, aber gleichzeitig auch an das Schiff Herr Regentag, und wie es von rotgesprenkelten "Liebe Wellen" getragen oder sogar zum Columbus im fernen Indien wird. Und er denkt selbstverständlich auch an Friedensreich 100wasser, doch das tut er ohnehin oft, und er tut es nicht nur an den Abenden, an denen er in seiner Einraumwohnung an der Peripherie der Stadt der Magie des kleinen, innen von einem Teelicht erhellten Hundertwasserhauses verfällt.

Einmal, das weiß er bis in den Schlaf, wird er dort, mitten in der Stadt, im Zentrum der staunenden Augen wohnen. An seiner Tür, auf dem Namensschild, wenn es denn dort Namensschilder gibt, wird geschwungen und bunt und von keinem belächelt Herr Regentag stehen. Und nachts, das kann er sich dann ebenfalls leisten, wird er das Licht brennen lassen in seiner an den Wänden mit farbigen Serpentinen geschmückten hügeligen Wohnung unter dem flachwurzelnden Wald auf dem Dach.

Oder – ja, das ist es, flüstert er, selbst erstaunt über seine Idee, die Stowasser bestimmt gefallen hätte. Und er erinnert sich an dessen Manifest aus dem Jahr 72, das ihm erst kürzlich wieder vor Augen gekommen war: "Jede Art der individuellen Gestaltung ist besser als der sterile Tod."

Individuelle Gestaltung, hallt es in ihm nach. Und es bleibt nicht nur bei diesem Echo. Er würde sich, so sein plötzlicher Einfall, große dicke Kerzen kaufen, sie in seinen vier oder mehr Wänden aufstellen, würde also die Kerzen und nicht das Lampenlicht nachtlang brennen lassen, damit nicht nur das kleine Hundertwasserhaus auf seinem Tisch – denn das würde er beim Umzug selbstverständlich mitnehmen – sondern auch das große von innen heraus leuchtet. Und im farbigen Schimmer, der sich durch das bunte Glas auf dem Tisch verbreitet, entwirft er einen Aufruf an seine künftigen Mitbewohner, sich der geplanten Ausstrahlung der inneren Magie des Hauses während der Nachtstunden nicht zu verschliessen, und es ihm gleichzutun.

Ja, er, der abends, hier am Rand, in seinem kleinen Zimmer sitzt, wird dort wohnen! Davon ist er, wie es vormalige, nicht auf dem flachen Land beheimatete Erzähler ausdrücken würden, felsenfest überzeugt.

Er sieht sich mit seinem von ihm liebevoll gehegten und gepflegten Baummieter den unten aus der Schlucht der Straße nicht sichtbaren hell- oder dunkelbunten Wolken entgegenrecken und sich mit ihm, wenn es regnet, wohlig unter den im Wind treibenden Tropfenschwärmen schütteln.

Manchmal, wenn er unterwegs ist, zum Hundertwasserhaus beispielsweise, oder wenn er davorsteht und jemand interessiert dreinschaut, dann zieht er eine seiner wirr anmutenden, von ihm als "vegetative Malerei" charakterisierten Zeichnungen aus der Umhängetasche und doziert vor willigen oder unwilligen Zufallsbekanntschaften über tödliche Gefahren beim Anfertigen von Skizzen, Gemälden und Häusern. "Die gerade Linie", so sein standardisierter Beginn, die gerade Linie nämlich "ist eine von Menschen gemachte Gefahr. Es gibt so viele Linien, Millionen Linien, aber nur eine von ihnen ist tödlich, das ist die gerade Linie, die mit dem Lineal gezogen ist ... Die gerade Linie ist dem Menschen, dem Leben, der gesamten Schöpfung wesensfremd."

Die Mehrzahl der von ihm adaptierten Worte des verehrten Meisters spricht dieser, zugegeben im Alltag etwas merkwürdig anmutende Mann, zumeist jedoch ins Leere, da sich die willigen wie auch die unwilligen Zufallsbekanntschaften sehr schnell von dem vermutlich von einer Sekte ausgesandten Prediger abwenden.

Sollen sie. Niemand kann ihm einreden, dass all diese hastenden, uninteressiert wirkenden Menschen nicht ebenfalls eine große, oder zumindest eine nicht bis zur Unkenntlichkeit geschrumpfte Hoffnung voreinander verstecken.

Abends, auf seinem Tisch, leuchtet das Hundertwasserhaus, und bis in die Träume erlischt es nicht.

Er gilt als verrückt. Schraube locker, wie Volksmund noch immer. sagt, nicht ganz dicht, Sprung in der Schüssel, nicht alle Latten am Zaun ..., denn es hat sich herumgesprochen, durch einen ehemaligen Kollegen, der ihn besuchte, durch eine Nachbarin, die ihm gelegentlich Kuchen bringt, und die er stets mit einer heutzutage ungewöhnlich tiefen Verbeugung verabschiedet.

Ich sehe das anders als Herr oder Frau Volksmund. Im letzten Winter, Sie erinnern sich, es war der, als ab und an Schnee fiel, und ich mit dem Harald die Schneekarten hatte, Arschkarten also, wenn wirklich mal Winter ist. Harald fegte den Gehweg links vom Hauseingang, ich die rechte Seite bis zum rechten Ende des Blocks.

Als wir die Schneeflöckchen und Weißröckchen sozusagen beiseite gebürstet hatten, lud er mich zu sich auf einen Tee ein.

Nachdem er das heiße Wasser in die Teegläser gegossen und nach etwa sechs Minuten die Teebeutel herausgenommen und in ein Glasschälchen gelegt hatte, begann er mit ihnen zu sprechen, das heißt: Er bedankte sich bei ihnen, nannte sie Herr und Frau Minze-Zitrone und streichelte mit dem Zeigefinger nacheinander die beiden eckigen, nunmehr ziemlich zerknittert wirkenden Gesichter.

Dabei wandte er kurz den Kopf zur Seite und blickte mich an.

Das gehört sich so, sagte er.

Natürlich kamen wir anschließend über diesen ungewöhnlich harten Winter ins Gespräch. Draußen lagen mindestens drei oder vier Zentimeter Schnee, und die Temperatur in den Nächten betrug lange nicht gekannte minus zwei Grad. Also beschlossen wir, uns, vorbeugend gegen alle Eventualitäten, eine zweite Tasse Tee zu genehmigen.

Als Harald die Beutel zu den beiden anderen in das Glasschälchen gelegt hatte, wiederholte sich die gleiche Zeremonie wie vordem. Einziger Unterschied: Harald sprach diese Beutel nun nicht mit Frau und Herr Minze-Zitrone, sondern mit Madame und Monsieur Mariage Fréres an.

Ich empfand das aber keinesfalls wie die übel nachredenden Besucher als merkwürdig oder gar verrückt. Im Gegenteil. Hätte ich einen Hut gehabt, ich hätte ihn vor Harald gezogen. Leute wie er, die auch den kleinsten, gemeinhin als tot geltenden Dingen mit einer solchen Sensibilität für deren Dasein begegnen, sie werden, wie ich glaube, auch Menschen und Tieren nichts Schlimmes antun.

Bevor ich ging, bedankte ich mich bei Harald für diese wunderbare Stunde an jenem hinter den Fensterscheiben eisklirrenden Wintertag, und versäumte auch nicht, Gleiches gegenüber den im Glasschälchen zurückgebliebenen Damen und Herren zu äußern.

Nachtrag:
Noch im vorigen Schnee- und Frostwinter, drei oder vier Tage nach der Teestunde bei Harald, kaufte ich mir einen Hut.

MUTATION

Er war das schwarze Schaf der Familie.

Erst nachdem er geschlachtet wurde, entdeckte jemand, dass der Gebrandmarkte zumindest inwendig genauso beschaffen war wie alle anderen schwarzen und weißen Schafe auf diesem von zahlreichen Schafen bewohnten Planeten.

Unerklärlich war und ist jedoch bis heute, dass dieser Jemand in kürzester Zeit selbst zum schwarzen Schaf mutierte.

DAS WUNSCHKIND

Sie wollten das Kind mit dem Bade ausschütten. Morgens. In aller Frühe. Kurz nachdem die Sonne aufgeht. Denn wenn die Sonne aufgegangen ist, dann, so sagen Leute, Frühaufsteher, ist es am kältesten im Land.

Das Kind, also das Kind, um das es hier geht, es war ein Mädchen, so schön, wie man sich ein Mädchen nur vorstellen kann.

Oder vielleicht auch, wie man sich ein Mädchen nicht vorstellen kann.

Oder vielleicht besser gesagt: Wie man es sich landläufig in weit zurückliegenden Zeiten, also in denen vor der eigenen Geburt, oder noch früher, vor zwei oder drei Wiedergeburten flächendeckend vorstellte: rosige Wangen, rosiges Kleid, rosiges Gemüt und stets mit einem Knicks bei der Begrüßung und auch bei der Verabschiedung durch Erwachsene.

Egal. Jedenfalls hatten die Eltern, von denen in dieser Miniatur die Rede ist, dieses zuckersüße Bild von einem Kind im Kopf und bis vor kurzem auch noch in realer Gestalt vor Augen.

Doch wie es so ist, das Leben hält stets auch ein Aber bereit. Aber nun, nun wollten sie dieses Kind fast von heute auf morgen mit dem Bade ausschütten. Das macht man so, wenn ein Kind plötzlich nicht mehr rosa lächelt, sondern bleich im Bett liegt, unschön hustet und das eben geschluckte Breichen mit dem Mäulchen aufs frisch gewaschene rosa Nachthemdchen sprüht.

Wie man ein Kind artgerecht hält und es bei Bedarf fachgerecht entsorgt, darüber hatten sie sich selbstverständlich schon während der Vorbereitung auf ihre Elternschaft auf vertrauenswürdigen Seiten im Net sachkundig gemacht. Dennoch kam es, wie es manchmal so kommt: Gut geplant – doch schlecht gelaufen. Auch mit äußerster Anstrengung konnten sie die schwere mit Wasser gefüllte Wanne und das dickgefütterte Kind darin nicht anheben, geschweige denn das ganze Kind samt dem Bade zum Rand der Deponie tragen, dorthin, wo der Mohn so schön blüht, um es guten Gewissens mit dem Bade auszuschütten.

Das Ende der Geschichte?

Also: Wenn sie nicht gestorben sind, was sehr unwahrscheinlich ist, dann leben sie noch heute unglücklich, weil arg gehandicapt, mit jenem innig einst gewünschten, jedoch durch böse Lebensungunst nun entstellten, vormals pausgebacknen Kind.

ENDE EINES SCHULBESUCHES

Er nahm sein Handy vom Ohr, rief seine Mutter ins Zimmer und sagte: Ab morgen wirst du zur Schule gehn. Du musst endlich was lernen. Ich bin jetzt 11 Jahre alt, also erwachsen genug. Ich weiß, worauf es ankommt. Nun werde i c h für uns sorgen.

Die Mutter, sie war von ihm gut erzogen worden, nickte.

Am Nachmittag kaufte der Sohn für Sie eine Schultasche, Hefte, Stifte und eine nicht zu harte Einstiegsdroge. Somit war sie für ihren Schulbeginn bestens ausgestattet.

Am nächsten Morgen begleitete er sie entgegen jeder bisherigen Gewohnheit bis zur Wohnungstür, hielt sie dort kurz am Jackenärmel zurück und sagte: Komm du mir bloß nicht mit einer Sechs nach Hause. Dann wirst du mich kennenlernen.

An den folgenden Vormittagen, als die Mutter in der Schule war, bemühte er sich, und das redlich, wie er meinte, für beider Lebensunterhalt zu sorgen. Unter anderem verübte er am entgegengesetzten Ende der Stadt eine Reihe von Einbrüchen in Wohnungen, deren Besitzer, wie er vorher ausgekundschaftet hatte, abwesend waren.

Die Mutter indes brachte trotz seines von ihm erteilten Lernauftrages fast nur Sechsen nach Hause. Dort kam es dann, weil man ja solche Konflikte schwerlich vor den gläsernen Augen der Nachbarn auf der Straße austragen kann, mehr und mehr zu häuslichen Auseinandersetzungen, die in Ermangelung eines eigenen Hauses im engen Zimmer der Mutter stattfinden mussten und sehr bald in immer schwerere körperliche Gewaltakte ausarteten.

So verwundert es sicher nicht, dass auch dieser Fall folgerichtig enden musste wie er endete: tödlich. Aber nicht als Mord, sondern als Totschlag, wie Juristen es ausdrücken würden, und wie es dann auch der Richter ausdrückte, denn einer Verurteilung wegen Mordes ermangelte es in diesem Fall vor allem auch an Heimtücke. Wer allerdings zu Tode kam, das, liebe Leserin, lieber Leser, überlasse ich nun getrost ihrer Menschenkenntnis und ihrer Fantasie.

DER TAUBENHASSER

Wenn er eine Taube sieht, vor dem Küchenfenster, auf dem akkurat geschnittenen Rasenstück, oder auf einem Zweig des Lindenbaums vor dem Tor, dann geht er in den Keller, holt sein Gewehr aus dem ergrauten, unauffällig an einer Wand lehnenden Besenschrank, hastet die Treppe hinauf, öffnet die Tür zum Vorgarten, legt an, krümmt den Zeigefinger der rechten Hand, will abdrücken, kann es nicht, sein Zeigefinger will es nicht, verweigert den Befehl, in dieses fast zärtlich zu ihm dringende Gurren zu schießen.

Nie jedoch weigert sich der Zeigefinger, seine raue Haut vom kalten Abzug des Gewehrs zu lösen. Und so dreht sich dieser Mann sehr schnell um und geht wieder ins Haus.

Seine Frau, so sagen Leute, habe diese Drecksviecher auch noch gefüttert, wäre selbst am liebsten zur Taube geworden. Gott sei Dank schmore sie jetzt in der Hölle, denn sie wird doch für ihr Mitleid mit diesem Ungeziefer nicht noch belohnt worden sein.

Der Mann, da haben Sie Recht, der hatte sein Päckchen zu tragen, war schon immer vernünftig gewesen. Möchte nicht wissen, was die für Geld rausgeschmissen hat. Konnte dafür nie in Urlaub fahren, der arme Kerl.

Im Haus bringt der Taubenhasser dann das Gewehr in den Keller zurück und verharrt einige Augenblicke, in denen er auf ein Gurren hinter dem trüben verglasten Lichtfleck über seinem Kopf wartet. Meistens aber bleibt es still.

GRAUE PALMEN

Schön und stets ein besonderes Erlebnis war es für ihn, nach seinem Unfall vor drei Jahren in die große weite Welt zu fliegen, hin zu Ländern, Landschaften, Orten, in denen er noch nie gewesen. Ohne Reiseleiterin flog er. Ohne Reiseleiter. Ohne Gruppengegicker und Handygeklicker. Ohne Stimmungskanone, gepresste Zitrone. An einem Tag des bereits viele Tage in Richtung Herbst fortgeschrittenen vergangenen Jahres, der Mann war soeben aus Teotihuacán, Cholula und Tulum zurückgekehrt, bemerkte er, dass sich auf seinem Kopf nur noch wenige Haare befanden. Wie winzige graue Palmen auf winzigen, Pickeln gleichenden Inseln, standen sie. Und plötzlich kam ihm die soeben beendete Reise kürzer vor, als alle bisher unternommenen Reisen. Ein vages Gefühl undefinierbaren Unbehagens beschlich ihn, das sich in der Folgezeit allmählich in einen allmorgendlichen Schmerz verwandelte, dem weder mit Medikamenten, Massagen, Meditation, Yoga noch Chi Gong beizukommen war.

Je mehr sich dieses Gefühl jedoch in Schmerz verwandelte, man kann auch sagen: je kürzer die Reisen wurden, desto mehr verzog das Spiegelbild sein Gesicht, und der Mann davor ahnte, dass er bald niemals mehr abheben würde. Zögernd, dann jedoch entschlossen und nicht ohne dem Spiegel zuvor zu versichern, sich fortan jeder morgendlichen Reise zu enthalten, legte er den Kamm als künftig unnützen Gebrauchsgegenstand für immer beiseite. Schön, weil stets ein besonderes Erlebnis, war es für ihn gewesen, nach dem morgendlichen Zähneputzen beim Anblick des Kamms, als würden ihm, dem Betrachter, dabei Flügel wachsen, aus der Enge in die große weite Welt zu fliegen. Nun blickte ihm in der Frühe tagtäglich ein alter, kranker Mann ins Gesicht.

RISSE

Was suchen Sie hier?

Die fast geschrienen Worte einer heiser wirkenden Frauenstimme ließen ihn zusammenzucken, als hätte jemand hinterrücks auf ihn eingeschlagen.

Wo kommt die denn her, schoss es durch seinen Kopf. Es war doch weit und breit niemand zu sehen gewesen, und Leute von irgendeinem Sicherheitsdienst, die plötzlich aus einem Büro oder einem Wachgebäude auftauchen könnten, die gab es hier auf dem hinteren abgeschlossenen Teil des Geländes nicht. Er hatte es doch zweimal umrundet, es sozusagen observiert, bevor er den Holzzaun, der fast einer Eskaladierwand glich, mit Anlauf, Absprung auf dem rechten Fuß, Griff der rechten Hand nach der oberen Kante, dem Einhaken des linken Fußes dort und dem Hinüberrollen, wie er es nannte, überwand. Diese Technik, vor längerem in einem Film gesehen, dessen Titel er nicht mehr wusste, erschien ihm trotz des komplizierten Bewegungsablaufes als die beste.

Und nun diese beiden Risse ... Er hatte noch wenig Übung im Überwinden von Mauern, Zäunen und anderen Hindernissen.

Langsam wandte er sich um. Die Spule, die alle Gedanken in seinem Kopf automatisch abzuspulen schien, drehte sich trotz seines Erschreckens noch immer.

Diese beiden Risse nun, in der besseren seiner zwei Hosen. Dazu noch die aus dem abendlichen dunkelnden Dunst wie eine geisterhafte Erscheinung auftauchende Frau.

Und Sie? Was suchen S i e hier, nach Geschäftsschluss? Wie kommen Sie eigentlich auf dieses abgeschlossene Gelände? Dazu noch mit Rucksack? Können Sie sich ausweisen? Er erschrak über seine eigene, in seinen Ohren ungewohnt fremd klingende Stimme.

Die kleingewachsene, ältlich aussehende Frau strich ihren grob-
faserig wirkenden Pullover mit den rauen Innenflächen der beiden
Hände glatt. Es wirkte, als wären sie schmutzig, und als versuchte
sie, diesen Schmutz nun, egal wie, schnellstens zu entfernen.

Sie schaute zu Boden, zum rissigen, staubgrauen Betonviereck, auf
dem die penibel ausgerichtete Reihe der Abfallcontainer des Super-
marktes stand, glaubte die entsorgten Lebensmittel hinter den Con-
tainerwänden zu sehen, schaute wieder zu Boden, als könnte sie
dort einen genügend großen Spalt entdecken, in dem sich ihre
Scham vor diesem fremden jungen Mann und vor sich selbst ver-
bergen ließe.

Ich gehe ja schon, sagte sie leise. Ich gehe ja schon.

DAS KÖRBCHEN

Die abgefallenen äußeren Schalen der Zwiebeln im kleinen Korb, den die Tochter mitnehmen will aus der Wohnung, in der schon seit längerem nicht mehr gekocht wurde, nicht mehr gegessen, getrunken – gemeinsam zuletzt am 44. Geburtstag der Mutter, den sie bei ihr begingen, zu zweit, ohne Gäste, was, solange die Tochter zurückdenken konnte, nur sehr selten vorgekommen war.

Wenige Monate vor diesem Geburtstag war es, als ihrer Mutter Lisa mitgeteilt wurde, dass da etwas in ihrer Brust gewachsen sei, das abgeklärt werden müsse. Sie solle nun aber nach diesem ersten Befund nicht sofort das Schlimmste annehmen und in Panik verfallen, denn sie wäre ja noch jung, und auch deshalb könne sie den weiteren Untersuchungen erst einmal gelassen entgegensehen.

Die Tochter nun, wie bereits erzählt, sah die abgefallenen äußeren Schalen der Zwiebeln im geflochtenen Körbchen, das sie unbedingt mitnehmen wollte in ihre winzige Wohnung mit dem Kind, um die Düfte all ihrer Erinnerungen nicht zu verlieren, die sie ohnehin nie mehr verlieren würde.

SCHWEISSFÄHRTE

Sie hörte, wie er den Schlüssel von außen ins Schloss steckte, die Tür öffnete, in den Flur trat und etwas, das wohl nicht leicht zu tragen war, ablegte. Und sie hörte sein schweres Atmen, stellte die Kaffeetasse ab, ging ihm vom Wohnzimmer aus in Richtung Flur entgegen.

Du warst lange weg, sagte sie.

Die Zeit vergeht wie im Flug, erwiderte er, aber ich komme nicht mit leeren Händen zurück.

Sie nickte nur, doch es war nicht erkennbar, ob sich ihr Nicken auf seine Worte oder auf etwas ganz anderes bezog.

Von gestern, in aller Frühe, bis jetzt, sagte sie, und jetzt, jetzt ist es schon Nachmittag.

Ich weiß, ich weiß. Er versuchte seiner Stimme einen begütigenden Ausdruck zu geben. Doch sprach er fast ohne Pause weiter: Kannst den Rest aus dem Auto holen und in die Kühltruhe legen. Seine Rechte wies in Richtung der Flurtür zum Hof. Am Wochenende kommen Nowaks, die werden Augen machen.

Sie holte tief Luft. Aber ..., sagte sie laut und atmete aus, ohne den begonnenen Satz zu Ende zu führen.

Aber, fragte er.

Wie war's, fragte sie zurück.

Schön, sehr schön. Seine müden Augen glänzten plötzlich. Gutes Büchsenlicht. Sah gestern Abend und heute Morgen zunächst gar nicht danach aus. Abends Wolken, dunkel, wie das Deckhaar des Schwarzwilds vor dem Winter. Aber dann, der Mond ...

Am Morgen war es ähnlich. Erst Nebel, grau, so wie Rebhühner aussehn, von weitem. Später Sonne und Gewölk, an den Rändern rot. Ein bisschen Braun vom Feldhasen war auch dabei. Ich dachte

sofort an eine Schweißfährte. Na ja, jedenfalls war die Müdigkeit
wie weggeblasen. Also alles in allem, es hat sich gelohnt.
Die Frau presste die Lippen aufeinander und ging zurück ins Wohnzimmer. Der Kaffee in ihrer Tasse war inzwischen kalt geworden.
Sie setzte sich und zählte die Wochen, die seit der Hochzeit vergan-
gen waren.

Acht Tage später suchte sie den von einer Freundin empfohlenen
Rechtsanwalt auf und reichte die Scheidung ein.
Nachdem sie die lebensnotwendigen und ihr wichtigen Dinge in
ihrem Mädchenzimmer im Haus der Mutter deponiert hatte, verloren ihre Träume in den nachfolgenden Nächten allmählich die
blutrote Farbe.

Weißt du, sie hat ihn vergrault, sagt Vera. Mit ihrer ständigen Nörgelei über seine mangelnde Durchsetzungsfähigkeit hat sie ihn vergrault. Was sie hätte tun sollen? Mit ihm über Wiesen schweben. Luftschlösser baun. Oder ein Nest, von dem man ausfliegen kann in die Welt. Und in das man zurückkehren kann. Das hätte sie tun sollen. Gemeinsam mit ihm. Aber was war? Warf ihm vor, er habe zu viele Grillen im Kopf. Dazu noch zwei linke Hände. Die könnten nicht mal 'n Spatz darin festhalten. So kam dann jener Großprotz daher, der ihr goldene Wasserhähne versprach. Ich hab sie gewarnt. Aber sag was ...

Nun weißt du, was war. Und frag nicht weiter. Das ist die ganze Geschichte.

Und dann sagt Vera noch: Ja, es war vielleicht wie bei uns. Also spar dir dein Grinsen. Schluck runter den Kommentar. Wer sieht schon was ein, wenn es noch nicht zu spät ist.

DER LAUF

Nach einer Dreiviertelstunde Lauf kehrte er keuchend nach Hause zurück. Na, wie war's, fragte sie. Was hast du gesehen?

Der Mann überlegte, wann er das letzte Mal mit schweißtreibendem Tempo durch einen Wald gelaufen war. Das muss wohl noch während der Schulzeit gewesen sein, resümierte er. Hinter der Schule erstreckte sich damals ein Wald, und dort hatte sie der Sportlehrer, wenn es das Wetter erlaubte, mit der Stoppuhr in der Hand einen von allen Schülern als Schikane empfundenen Rundkurs absolvieren lassen.

Nie bin ich zurückgeblieben, dachte der Mann. Mit allen konnte ich mithalten, manche sogar überholen.

Er atmete langsamer jetzt, spürte, dass die Luft, wenn er sie sich regelmäßig ins Blut atmen würde, für jede künftige Anstrengung anderer Art reichen könnte.

Was hast du gesehen, wiederholte die Frau.

Den Boden unter den Füßen, sagte er schließlich. Zum ersten Mal seit – ich weiß nicht wann – habe ich wieder festen Boden unter meinen Füßen gesehen. Ich musste nicht mehr aufblicken zu all und jedem, egal, ob größer oder kleiner als ich.

Die Frau nickte, hob den Kopf und sah ihm das erste Mal nach wie blind vergangenen Jahren wieder lange und tief in die Augen.

Und so lebten sie …, und wenn sie nicht …

Aber diesen abschließenden, in dieser Miniatur für alle Zeit Idylle suggerierenden Satz werde ich wohl ausstreichen, da es nicht sicher ist, ob dieser Mann von nun an dauerhaft festen Boden unter den Füßen weiß, sich in Gegenwart von Höher-, Gleich- und Unterstellten wie auch seiner Frau um Augenhöhe bemüht, und sogar manchmal abhebt und zu schweben beginnt.

IN JENEM SOMMER

Damals, in jenem sich nicht mehr lang dehnenden Moment, als er
noch einmal den Eindruck hatte, auf einem Hof in Schweden zu
leben und Nils Holgersson auf Martins weißem gefiedertem Rücken
über ihn hinweg in die blaue nördliche Ferne flog; damals, als er
nicht mehr mit seinen seit der Kindheit ermattenden Flügeln der
Fantasie, sondern nur noch mit einem wisssenden Lächeln folgen
konnte, da sagte jemand mit der Stimme seines Vaters in ihm:
Ab jetzt bist du erwachsen.
Und er, der Sohn, wusste plötzlich: Von nun an würde er nie mehr
Nils Holgersson sein.

DIE MITTAGSNACHTIGALL

Von spät bis früh, solange der Mond zuhörte und die Sterne über der Amselgasse vor Staunen schwiegen, hatten die Nachtigallen für sich und alle anderen Liebenden und Nichtliebenden ihre schönsten Lieder gesungen.

Am Morgen verstummten sie.

Nur eine nicht. Sie sang unentwegt weiter. Sang den ganzen Vormittag lang. Sang auch noch am Mittag, als sich Vater und Sohn im kleinen Eckhaus mit dem großen Garten im Rücken und dem an diesem Frühlingstag offenen Küchenfenster an den Mittagstisch setzten.

Wie wunderbar sie singt, noch immer, und als einzige, sagte der Sohn. Wenn Mama das hören könnte …

Der Vater sah vom Teller auf, hob den Kopf. Seine Augen waren glanzlos, waren müde. Man singt nicht, wenn andere nicht singen, sagte er. Oder willst du zum Außenseiter werden? Das willst du doch nicht.

Schweigend aßen sie weiter

AM BERGSEE

Das unbewegte Wasser spiegelt einzeln stehende, dunkelblaue, fast schwarz wirkende Schattenbilder von hohen Tannen, spiegelt Wolken und, von ihnen fast nicht zu unterscheiden, den weißen Gipfel eines Berges.

Am Ufer an der Dorfseite, auf dem schmalen, steinigen Streifen, ruht ein Ruderboot ohne Ruder. Am Heck, auf dem rissigen Boden, liegt eine zusammengerollte Leine. An einem Ende der Leine ist ein etwa zwei Männerfäuste breiter, rostiger Anker befestigt.

Noch ist das Boot nicht morsch. Bei genauem Hinsehen jedoch bemerkt man die beginnende Brüchigkeit des Holzes, seine Altersschwäche.

Gehörte einem Seemann, sagt eine weibliche Stimme hinter mir.

Ich drehe mich um. Eine Frau, nicht mehr ganz jung, ohne Dirndl oder Trachtenhut, was man ja hier, ob man will oder nicht, als sozusagen für alle weiblichen Wesen verbindliche Kleiderordnung vermutet, eine Frau, auf Abstand bedacht, steht mir, in Jeans und einem etwas zu weiten blauen Pullover gegenüber.

Sie mustert mich.

Er ist hier hängen geblieben, sagt sie, nicht gestrandet. Die Liebe. Sie verstehen?

Ich blicke in Richtung des Dorfes zu dem dahinter aufragenden hohen Berg mit den undurchdringlich scheinenden Wäldern an seinem Fuß und sehe den einstigen Fahrensmann – ich kann mich dagegen nicht wehren – Kühe zu einer Alm hochtreiben, und ich höre ihn an jeder Wegbiegung, von der aus sich sein Blick ins Weite öffnen kann, einen an Lautstärke nicht zu übertreffenden Jodler ausstoßen.

Ich muss lächeln bei dieser Vorstellung.

Die Frau aber bleibt ernst. Und so versuche ich den Eindruck, ich würde mich über sie lustig machen, zu verwischen.

Ist doch irgendwie komisch, sage ich, ein Seemann, hier, im Gebirge – oder?

Sie nickt und entschließt sich zu einer weiteren Erklärung: Ja, komisch, komisch und tragisch zugleich.

Ist verunglückt.

Am Berg.

Am Habicht.

Bisschen mehr als 3000 Meter. Aber einfach zu besteigen. Eigentlich ... Ihre Stimme ist plötzlich heiser.

Die Frau dreht sich abrupt um und geht in Richtung eines einzeln stehenden Hauses davon.

Brachte keinen Nutzen. Stand nur rum. Tot der Bauch, *ohne die Fähigkeit, Nachkommenschaft hervorzubringen.* Unnütze Fresserin. Für schweres Geld erworben. *Hatte seit ihrem Ankauf noch niemals Milch gegeben.* Kam ich mittags aus der Schule, *wurde sie meiner Obhut anvertraut,* sagt A., Kind vom Land, einst Mädchen für alles, wie sie sich selbst bezeichnet, jetzt Stadtkind, 43, verheiratet, ohne Bälger, fügt sie hinzu, geht einmal im Jahr in den Zoo, allein, zum Sommerkonzert, open Air, was hat man denn sonst noch.
Ihr Mann mag das nicht, sagt, dass er sie trotzdem liebt, *was sie übrigens durchaus nicht hindert, vollkommener Faulheit zu verfallen.*

Nach einem Motiv aus Iwan Turgenjews Erzählung
„Das Himbeerwasser".

KEIN MÄRCHEN

Hast du gesehen? Nachts sind alle Katzen blau.

Spinnst du? Vollmondmacke - oder was, fragte sie.

Ja, sagte er, traute endlich seinen Ohren, stand auf, obwohl es weh tat, ging, ein nicht mehr ganz kleiner Prinz in einer entzauberten Welt, dennoch – oder gerade deswegen - weiterhin das eine Mädchen, also das Glück suchen, für das er und es zeitlebens gleichermaßen verantwortlich sein würden.

ZWEITE LIEBE

Sie redete. Sein Blick suchte die Sterne, das erste Funkeln im tiefer werdenden Blau des Himmels.
Sie redete und redete. Er senkte den Blick. Er sah nur das Gras.
Und die Nacht blieb sternlos. Für immer.
Sie redet und redet.

AM RAND DER ZEIT

Abseits der seit dem Jahrhunderthochwasser aufgegebenen Lauben.
Abseits der beschnittenen Welt, in der er verkehrte.
Abseits, kein Gleis in der Nähe, nur ergrauter Wildwuchs und fast
noch kahles Gesträuch ringsum.
Seit langem dort abgestellt, und niemand weiß mehr von wem,
wirkt der mit den dunklen Fensterhöhlen – sie sind längst keine
Himmelsspiegel mehr – und mit seiner jetzt bar jeden Glanzes einst
ockergelben und rubinroten Außenhaut von Spinnen und Käfern
bewohnte S-Bahn-Wagen in der Abenddämmerung wie ein Relikt
aus einer anderen Zeit.
Ein fast nicht erkennbarer schmaler Pfad, zwischen Altgras, bereits
frühlingsgrünen Flecken und zaghaftem Geknosp an den Sträu-
chern schlängelt sich zu ihm hin.
Ein Junge und ein Mädchen gehen langsam in seine Richtung.
Der Junge geht voran, bleibt kurz stehen, wendet Kopf und Oberkörper zur Seite, sagt: In ein paar Wochen brauchen wir hier eine
Machete ... Na komm. Auch wenn die Sonne weg ist, hier liegt
nichts mehr rum, was du übersehen könntest, weder Glas noch
Steine noch rostiger Draht.
Und wo ist das Brombeerhagebuttendickicht mit dem Schloss dahinter, von dem du erzählt hast?
Viel weiter rechts, sagt er, es würde uns die Haut zerreißen, wollten
wir es durchdringen. Aber im Herbst, an den Rändern, da könnten
wir die reifen Beeren pflücken.
Kurz vor dem S-Bahn-Wagen, am Ende des Pfads, gelangen sie zu
einem wie gerodet wirkenden, etwa zehn Schritte breiten kreis-
runden Beet mit blühenden Narzissen.
Guck mal, die Blumen, sagt das Mädchen. Und: Achso! Und dann

lächelt es.

Sie betreten den Wagen, in dem sich das träge Dämmerlicht bereits in Dunkel verwandelt. Nur wenige Fenster rahmen noch die draussen verbliebene Helle des Abends. Andere sind bereits durch hinter dem Wagen wild wachsende Bäume, genauer: durch ihre Stämme und ihr Geäst, nur noch als vereinzelte und wie geometrisch zugeschnittene Lichtflecken wahrnehmbar.

Der Junge faltet die mitgebrachte Decke zur Hälfte auseinander und legt sie auf eine merkwürdigerweise unverschmutzte, einst mit einem grünen Polster bezogene Sitzbank.

Nimm Platz, sagt der Junge, aber sei vorsichtig.

Das Mädchen setzt sich.

Ein bisschen Geduld, ja? Er wollte seine Stimme mit dem Klang der Vorfreude färben, doch hatte sie, wie er meinte , eher den Tonfall einer Entschuldigung angenommen.

Macht doch nichts, sagt das Mädchen. Sie wird schon kommen.

Wenn du wüsstest, wie neugierig ich bin.

Er atmet auf. Meistens kommt sie zur gleichen Zeit. Du könntest eine Uhr nach ihr stellen.

Eine Weile knistert Stille zwischen ihnen. Beide blicken zu dem immer dunkler werdenden Blaugrün über einem hohen, tagsüber bereits frühlingswachen Baum.

Und dann, von beiden erwartet, und dennoch überraschend, beginnt die Nachtigall zu singen. Es ist die erste Nachtigall, die das Mädchen hört. Und es ist die erste, die sie gemeinsam hören.

BURIDANS RAST

DER SCHIFFBRÜCHIGE

Ein alter Mann und eine große Schildkröte waren die einzigen
Überlebenden nach einem verheerenden Sturm, der die in der Welt
fast unbekannte Insel im Stillen Ozean getroffen hatte.

Tage und Nächte vergingen. Eine Rettungsmannschaft landete an.
Sie stieß auf den Alten und die Schildkröte. Als man ihn nach seinem Namen fragte, nannte er ihn sowie den der Schildkröte und
fügte hinzu, dass er sie auf keinen Fall allein, also schutzlos auf dieser nunmehr lebensfeindlichen Insel zurücklassen werde. Eher
würde er sterben, als dies auch nur in Erwägung zu ziehen.

Die zwölf Männer und Frauen, die ihn mit dem Rettungsboot zu
dem in einiger Entfernung vor Anker liegenden Schiff bringen wollten, fragten: Warum? Warum diese Schildkröte? Die würde doch
hier trotz allem nicht dem Hungertod überlassen sein.

Das bin ich ihr schuldig, antwortete er. Sie ist bereits über 200 Jahre alt. Als ich sie damals, drei Jahrzehnte nach meinem Schiffbruch,
vor jenen Männern in Sicherheit brachte, die ohne Segel, nur mit
stinkendem Rauch aus einer Maschine zufällig hergeweht worden
waren, und die diese Tiere abschlachteten, um sie als Proviant für
die weitere Reise über das Meer zu nutzen, da versprach ich ihr, sie
ein Leben lang zu beschützen. Sie war ja zu jener Zeit noch jung,
sehr jung, jünger als ich.

Die Männer und Frauen des Rettungsteams sahen s i c h an, sahen
i h n an, und etwas später, ohne Kommando, ohne große Worte hoben acht der kräftigsten vorsichtig, sehr vorsichtig die Schildkröte
hoch und trugen sie, als trügen sie Porzellan, zum Rettungsboot.
Langsam, nicht ohne sich noch mehrmals umzublicken, folgte ihnen der alte Mann. *Du bist*, sagte er leise zu sich selbst, *zeitlebens
für das verantwortlich, was du dir vertraut gemacht hast.*

Zwei der Frauen, die vor ihm gingen, wollen diese leisen Worte dennoch gehört haben.

Aber das hielten später sogar Medien, die regelmäßig die unwahrscheinlichsten Geschichten verbreiten, für unwahrscheinlich.

Und so gelangte dieser gewiss des Merkens würdige Fall nie an eine diesbezüglich doch sehr interessierte breite Öffentlichkeit.

Zitat aus „Der kleine Prinz" von Antoine de Saint-Exupéry, französischer Schriftsteller, 1900-1944

BURIDANS RAST

Frei nach bisher ungesichteten Handschriften des Philosophen,
Physikers und Logikers Jean Buridan, geboren um 1300,
gestorben nach 1358

Eines späten Abends, als er nach langem, philosophisch determinierten Wandern neben dem einzigen Baum weit und breit unter
freiem Himmel rastete und den Kopf hob, sah er, wie eine Sternschnuppe zwischen den augenblicklang verharrenden Sternen hindurchzischte und verglühte. Und dieses Verglühen, so unwahrscheinlich es uns, den Heutigen, auch erscheinen mag, es wurde zu
einer plötzlichen Erleuchtung für ihn, das heißt, es wurde hell in
seinem Kopf, und in dieser Helle formte sich aus wild durcheinander wirbelnden Zahlen und Buchstaben eine funkelnde Kette von
24 Zeichen. Sofort, ohne daran zu zweifeln, wusste er: Die Weltformel! Das ist die Weltformel! Wie lange habe ich vergeblich gegrübelt! Und nun fällt sie mir sozusagen vom Himmel, und es ist,
als wäre sie mir selbst eingefallen.

Ich muss sie notieren, dachte er, notieren, notieren, bevor sie in
meinem Kopf erlischt. Aber worauf, worauf? Pergament und Tinte
waren ihm in einer der seinem gesellschaftlichen Rang gemäßen
komfortablen Herbergen gestohlen worden.

Da kam ihm eine zweite Erleuchtung. Der Baum ...

Buridan stand auf und schnitt mit seinem Messer ein handtellergroßes Stück Rinde ab, setzte sich wieder und ritzte die Weltformel
mit flinken Schnitten ein.

Danach blickte er auf und starrte beglückt in Richtung der Sterne,
dankte der längst zu Staub zerfallenen Schnuppe und wollte anschließend die kostbare Rinde mit der Weltformel auf ihrer Haut in
seinem Packkorb verstauen. Doch dort, rechts neben ihm, wo er sie

abgelegt hatte, griff seine Hand ins Leere. Buridans Esel, hungrig, weil er lange neben Buridan warten musste, hatte indes kurzerhand dieses für die ganze Menschheit so wertvolle Stück Rinde aufgefressen. Und wäre noch ein zweites an der linken Seite Buridans gewesen, auch dieses hätte er, ohne vorher endlos zu überlegen, welches er sich zuerst einverleiben sollte, vertilgt.

Nun aber zeigte sich Buridans wahre Größe. Sie zeigte sich darin, dass er mit seinem vierbeinigen Gefährten weiterhin frohgemut und ohne Groll die weite philosophische Welt durchwanderte, auch als die Formel für die ganze wirklich existierende Welt schon längst im Magen des Esels verdaut war.

DER STÖRRISCHE FLUSS

Eines Tages, übervoll von den weisen Sprüchen der ihm auf seinem Lauf zu Tal begegnenden Menschen, beschloss der Fluss, all ihre Weisheiten ad absurdum zu führen.

Aber: Womit beginnen, dachte der Fluss.

Da kamen zwei Wanderer des Wegs. Alles fließt, sagte der eine.

Ja, sagte der andere, der ihm aufs Haar glich. Alles fließt, und niemals fließt ein Fluss bergauf.

Da blieb der Fluss plötzlich stehen.

Etwas später ging ein Ruck durch seinen Körper, und das Wasser begann zur nachhaltigen Verblüffung der beiden Wanderer bergauf zu fließen.

Sie brauchten sehr lange und eine Vielzahl von Versuchen, um sich dieses Phänomen bis heute nicht erklären zu wollen.

MERKWÜRDIGER VORFALL

Stille.

Kein Lufthauch.

Starre dorische Säulen.

Hier spürt man deutlich den Atem der Geschichte, sagte die Reiseleiterin, und wurde, ihrem erstaunten Gesichtsausdruck nach zu urteilen, plötzlich und unerwartet von einem jäh aufkommenden, nur sie erfassenden Wind titanischer Kraft unter dem Beifall der Umstehenden und dann über Delphi und den Parnass flugs in Richtung 7. Jahrhundert v. Chr. davongetragen.

Den dorischen Säulen wuchsen indes entgegen jeder Wahrscheinlichkeit zusehends Köpfe mit steinernem Lächeln in den Gesichtern.

Dies wurde von allen Reiseteilnehmerinnen und Reiseteilnehmern nach ihrer Rückkehr gegenüber dem Reiseveranstalter als besonders gelungene und zumal im Preis nicht inbegriffene zusätzliche Leistung gewürdigt.

LEGENDE

Als der gelernte, seit vielen Jahren aber freischaffende Astronom
Hubert W. unter dem Schweigen der Sterne sich mangels regel-
mäßiger und fachbezogener Kommunikation sowie im Lauf der Zeit
beim Himmelsgucken sich einstellender körperlicher Beschwerden
(der Rücken, der Rücken ...) beruflich verändern wollte, faltete er
eines Tages sein Zelt zusammen, brach auf und schleppte es und
sich schweren Schrittes unter der unbarmherzig glühenden Wüs-
tensonne zur nächsten Oase.

Nachdem er seinen brennenden Durst gelöscht und die Augen mit
dem wohltuenden Grün der 13 um die Wasserstelle versammelten
Palmen gekühlt hatte, betrat er das für sein Anliegen zuständige
Amt.

Arbeit is nich, sagte der schweißtriefende Amtmann, während ein
untergeordneter Mitarbeiter ihm die äußerst belastende Ausübung
der Dienstpflichten mit einem Palmwedel wedelnd zu erleichtern
versuchte.

Arbeit is nich. Er wischte sich mit einem offensichtlich schon seit
längerer Zeit in Gebrauch befindlichen Feigenblatt die rinnenden
Schweißtropfen von der Stirn. Aber sie haben Glück.

Ja? Hubert W., dem sein Anliegen unterwegs fast ein wenig wirk-
lichkeitsfremd vorgekommen war, er lächelte und blickte sein
Gegenüber mit vorauseilender Dankbarkeit freudig ins glänzende
Antlitz.

Sie haben Glück, wiederholte der amtsausübende Amtmann und
legte sein Feigenblatt auf dem Schreibtisch ab. Eine Umschulung
zum Forstwirt könnte ich anbieten. Ein Platz wär' noch frei. Unterkunft kann ich jedoch nicht stellen. Na? Ist das nichts?! Für den
Anfang nicht schlecht – oder? Und damit nicht genug. Einem sich

anschließenden Studium mit dem Abschluss als Diplom-Forstwirt
stünden ihnen in Zukunft alle Wege offen..

Das Lächeln des Hubert K. erlosch. Ihn fror, als wäre mitten am Tag
die kalte Wüstennacht über ihn hereingebrochen.

In Ordnung, sagte er, dann schlage ich mein Zelt hier ganz in der
Nähe auf, um sofort verfügbar zu sein.

Er nahm seine sorgsam zusammengerollte und verschnürte Privat-
unterkunft mit dem Himmelsguckteleskop darin, streckte seinen
schmerzenden Rücken und empfand es nun wirklich fast als Glück,
zumindest in den kommenden Monaten, möglicherweise sogar Jahren einer mangels zu fällender Bäume sitzenden, nicht allzu an-
strengenden Tätigkeit – nun ja – nachgehen zu können.

DIE BITTE

Bitte, Herr Wildgans, es ist spät. Also: Wo kommen Sie jetzt her, fragte die Zimmerwirtin.

Aus einem anderen Leben, erwiderte Herr Wildgans. Aber dieselbe Frage stellten Sie mir damals, vor einigen hundert Jahren bereits, und seitdem immer wieder.

Und Sie blieben mir die Antwort bereits damals und bis zum heutigen Tag schuldig, werter Herr Wildgans. Diesmal jedoch kommen Sie mir nicht ohne die entsprechende Auskunft davon.

Aber auch dieser Versuch, dem Untermieter Wildgans eine Antwort auf die Frage, woher er denn so spät komme, zu entlocken, scheiterte. Wildgans war, von der Zimmerwirtin unbemerkt, von einer Sekunde auf die andere erneut in ein neues Leben entflogen.

Die Zimmerwirtin, ihres Daseins als Zimmerwirtin nach so vielen vergeblichen Versuchen nun fast, aber wie gesagt nur fast überdrüssig, entschloss sich, diesem in Bezug auf gesunden Nachtschlaf ignoranten Menschen noch ein einziges Mal, nur ein einziges Mal noch zu folgen. Flugs holte sie ihren Besen aus der Kammer und trug ihn, es war eine ländliche Gegend, zum Startplatz neben dem Hühnerstall.

So kam es, dass beide, Zimmerwirtin wie auch Autor, bis zum heutigen Tag sozusagen unsterblich blieben, was in diesem Fall heißt: stets aufs Neue geboren wurden. Und dieser Vorgang wird sich vermutlich noch sehr lange wiederholen, jedenfalls solange, wie Herr Wildgans in seinen künftigen Leben nicht in Versuchung gerät, auf die ihm gestellte Frage konkret zu antworten und damit seine Unsterblichkeit als Verfasser von ausgeklügelten Miniaturen verspielt.

Beifall brandete auf. Oder war es Hochwasser? Der Autor jedenfalls erhob sich, deutete eine Verbeugung an und wandte sich mit von Bescheidenheit geölter Stimme noch einmal an das Publikum: Meine sehr verehrten Damen und Herren! Gute Geschichten gehen stets nach dem Schlusspunkt des Autors weiter. Deshalb danke ich ihnen jetzt für Ihre Aufmerksamkeit, und bitte Sie, mir Ihre ganz persönlichen Schlüsse mitzuteilen.

Anmerkung unter dem nach elf Tagen erschienenen kurzen Bericht eines während der abendlichen Lesung fast durchgängig anwesenden Journalisten der regionalen Presse:
Diese ganz persönlichen Schlüsse allerdings gingen, bedingt durch das lautstarke Auftauchen einer verwirrt wirkenden Frau mit Stubenbesen, sowie die plötzliche Abwesenheit des Autors allesamt ungenannt verloren.

DER REGENSCHIRM

In der Nacht - es regnete - ging ich mit Herrn Beethoven durch die Mozartgasse. Ich weiß nicht mehr was er sagte, und wie laut ich ihm die Bedeutung Mozarts für mein Wohlbefinden und auch in Bezug auf meine Erschütterungen, ausgelöst durch dessen Musik, erklären musste.

Ich weiß auch nicht mehr, warum ich gerade in Beethovens Gegenwart auf mein im Alltag gebremst anmutendes Temperament zu sprechen kam. Am meisten, dozierte ich, am meisten vermisst man, wenn man einigermaßen intelligent ist, das, was man an sich selbst vermisst.

Beethoven sah mich fragend an. Doch da ich schwieg, und dieses Schweigen wohl ebenfalls wenig weise wirkte auf ihn, wandte er seinen Blick wieder der in Lautlosigkeit versunkenen Gasse zu.

Was ich aber noch ganz sicher weiß, ist, dass es plötzlich wieder stärker zu regnen begann, es zeitweilig trotz des trüben Lichtes so aussah, als ob glitzernde Noten auf dem Katzenkopfpflaster tanzten, und wir unter meinem Regenschirm, den ich mehr über ihn als über mich hielt, bis in die späte Nacht mit feuchten Nasen und nunmehr wortlos auf dieser nicht enden wollenden Gasse dahingingen.

Das Merkwürdigste jedoch an dieser Geschichte ist: Am Morgen, der Regen war bereits verträpfelt, befand sich mein Regenschirm nicht mehr in meiner Hand.

Wie soll ich nun jemals oder wenigstens in absehbarer Zeit noch einmal zurück ins frühe 19. Jahrhundert gelangen und den Herrn Beethoven betreffs meines einzigen Regenschirms, den ich besaß (Mitbringsel von einer Salzburg-Reise),wie also soll ich Beethoven je in diesem Leben zur Rede stellen?

LOB DER LANGSAMKEIT

Langsamkeit eines Radfahrers, der auf der strichgeraden Land-
straße radelnd, wie ich im Rückspiegel meines Autos nach dem
Vorbeifahren flüchtig bemerkte, von einem, ja, man muss es so
sagen, tanzenden Schmetterling überholt wurde.
Wie gelb blühte mir da der Neid an den Rändern, so dass ich an-
hielt im nächsten Ort, der ersten, vom vielen Gehen müden Frau
mein Auto schenkte, mir ein Fahrrad kaufte und fortan entschleu-
nigt mit neuen Augen, Ohren, nachhaltig durchbluteten Füßen und
stets etwas Flickzeug in der Satteltasche die nie gewürdigte schöne
Welt im weiten Umkreis meines leeren Parkplatzes täglich aufs
Neue begrüßte.

IN DEN ANNALEN
Private Mitschrift

Die Annalen sind, wie jeder und jede weiß, jedoch nicht wahrhaben
will, ein sehr schroffes, von vielen Abgründen geprägtes Gebirge.
Höchste Höhen, tiefste Tiefen.

Einer der Merksätze, den die SchülerInnen in den Schulen am Fuß
der Annalen im Fach Hochgebirgskunde bereits in der zweiten
Klasse auswendig hersagen müssen, lautet: Hochmut kommt vor
dem Fall, und wer zu tief fällt, der kommt niemals mehr hoch.
Ungezählt jene, die auf halber Höhe ankamen, keinen langen Atem
hatten, in der immer dünner gewordenen Luft umkehren mussten,
und sich beim Abstieg dennoch an jeden Grashalm eines Gedan-
kens klammerten, der einen erfolgreichen Wiederaufstieg, und
dann, selbstverständlich bis ganz oben, verheißen könnte.

Ebenfalls ungezählt jene, die zwar bis in Sichtweite der Gipfel ge-
langten, sie jedoch nicht bezwingen konnten, weil dort, wie auch
auf der letzten Wegstrecke vor ihnen, sich bereits zahlreiche Seil-
schaften für immer und ewig, so schien es, niedergelassen hatten.
Selten, äußerst selten glückte es Nachdrängenden oder nach ihnen
Aufrückenden nach schmaler Gratwanderung einen der durch
Sturz des langjährigen Inhabers oder der langjährigen Inhaberin
frei gewordenen Spitzenplätze einzunehmen und zu behaupten.

Die Meisten, meine sehr verehrten Damen und Herren, dies kann
ich mit Fug und Recht feststellen, gingen also nicht i n die Annalen,
sondern vielmehr in d e n Annalen ein, oder verließen sie zwar un-
verrichteter Dinge, doch noch immer von keiner Illusion geheilt.
Sie alle, sonst hätten sie diesen Kurs nicht gebucht, streben nach
Höherem, und mein Ziel ist es nicht, sie davon abzubringen.
Erfolg, und davon bin ich fest überzeugt, Erfolg beruht darauf, sich

der tiefsten Abgründe bewusst zu sein.

Bitte stellen Sie nun die Stühle hoch. Morgen widmen wir uns den für ihren Aufstieg nötigen Techniken, sodass einem Berg Heil bald kein Stolperstein mehr im Wege liegt.

DER NEUNZIGJÄHRIGE,
DER NICHT AUS DEM FENSTER SPRANG

FAST VOLLENDETE VERGANGENHEIT

Nicht dass ich ihm nachtrauere, das nicht, aber, ja, er ist mir noch gegenwärtig, sagte sie, als man in vertrauter ergrauter Runde erneut – zum wievielten Mal eigentlich, und seit wie vielen Jahren schon – auf die erste Liebe zu sprechen kam.

Nicht dass ich ihm nachtrauere, das nicht, wiederholte sie mehrmals noch an diesem Abend, und zwar in immer kürzer werdenden Abständen.

WIDERSPRUCH

Kinder, wie könnt ihr sagen, ich hätte kein Leben mehr? Ich lebe doch ganz intensiv, viel intensiver als je zuvor – von Erinnerung zu Erinnerung.

WIE JEDES JAHR

Winter, fragt sie, und man sieht ihr zweifelndes Gesicht auf dem Glas.
Winter ...? Aber es blühen doch gar keine Eisblumen an meinem Fenster, sagt sie, sagt ihr zweifelndes Gesicht – wie hinter Glas

Geschah es unter den Fenstern der Residenz *Am Sonnenhof,* unweit der Kreuzung vor dem Einkaufspark?

Geschah es am Fuß des Turms, am Fuß, wie man so sagt und schreibt, denn schriebe oder sagte man: dem einzigen Fuß des Turms, was genauer wäre, dann klänge das unschön, und es wäre dem schönen Park an der schönen Elbe unserer schönen Heimatstadt doch wahrlich nicht angemessen.

Oder geschah es auf dem Gehweg an der schmalen Straße, die mit dem kleinen Blumenladen und dem Café an der Ecke, wo es weit und breit die besten Windbeutel gibt, dort also, im, zugegeben, etwas engen Freien unter der bereits leergeräumten Wohnung im dritten Stock? Geschah es dort?

Oder geschah es vor dem blauen Bogen der Brücke, unter der die singenden Leute mit ihren Fahnen und Schals, die man im Sommer doch wahrlich nicht braucht, auf ihrem Marsch zum Stadion verhielten, genau neben dem Pfeiler, auf dem mit weißer Farbe in grossen Buchstaben die Jahreszahl 1965 geschrieben steht?

Geschah es überhaupt?

Ja, es geschah.

Doch ist es wichtig, wo es geschah?

Ist es nötig zu erzählen, was geschah?

Und wer kann schon wissen, warum es geschah.

Spring, rief man, spring schon! Wollten sich ein Bild machen und es teilen, mit vielen.

Wer oder was ist wichtig?

Spring endlich, rief man, spring.

DER NEUNZIGJÄHRIGE, DER NICHT AUS DEM FENSTER SPRANG

Gut, dass Sie endlich reinschaun. Sagen Sie bitte, wie soll ich denn hier rauskommen? Man will doch ab und zu mal mit einem nahen Menschen reden. Mit Gojko zum Beispiel, also dem Mitic.

Werden Sie nicht kennen. Man ist hier der Meinung, er sei aus dem vorigen Jahrhundert, und er habe, lang, lang ist's her, beim Film immer den Indianerhäuptling gespielt, wäre also bloß ein nachgemachter Indianer gewesen.

Daran glaube ich nicht. Der war, wie ich weiß, wirklich Indianer. Doch wenn ich das sage, sagen mir diese weißen Frauen, die mir das Essen bringen und mir beim Anziehen die Stützstrümpfe fast über die Ohren zerren, dass ich Indianer nicht mehr sagen darf. Indianer sagen ist jetzt verboten. Dafür hat die Regierung neue Wörter erfunden. Schon deswegen ist's zum Wegrennen hier.

Aber nicht nur mit dem Gojko würd ich ganz gern mal wieder einen Nachmittag lang plauschen. Auch mit meiner Tante in Trinwillershagen. Mit meiner Großmutter mütterlicherseits in Hohenwulsch. Und mit dem Oheim in 16798 Himmelpfort.

Smartphones besitzen die nicht. Am Briefeschreiben hindern sie die zittrigen Hände. Außerdem wäre ihnen das Porto für die Brieftauben zu teuer.

Also: Wie soll ich rauskommen und zu ihnen hin? Die Haustür ist immer verschlossen. Springen? Mein Zimmer befindet sich im fünften Stock. Und ich bin doch noch lange nicht Hundert, dass ich mir solche Späße erlauben dürfte.

Also wie? Können Sie mir das sagen? Wer sind Sie eigentlich? Wie kommen Sie hier rein? Warum bringen Sie mir Blumen? Sie müssen mich verwechseln.

Aber viel wichtiger ist: Wie kommen S i e jetzt hier wieder raus?

ABER PST

Er kennt mich, kommt auf mich zu, bleibt stehen, erkennt mich.
Kosmonauten gibt es nicht mehr, flüstert er. Jetzt gibt es nur noch
Astronauten, Asteroiden und Taikonauten. Alles andere fällt unters
Embargo. Sogar Wörter fallen darunter. Und Weihnachten, stell dir
vor, Weihnachten, da fielen sogar die Märchenfilme raus aus 'm
Fernsehn und unters Embargo. Hab ich sonst immer geguckt, vorm
Krieg: Das bucklige Pferdchen. Der Hirsch mit dem goldenen Ge-
weih. Die schöne Wassilissa ... Und jetzt? Die sollen jetzt schuld
sein?
Der alte Mann sieht sich sichernd nach fremden Ohren um. Dann
flüstert er weiter: Scheiß Krieg, den sie da füttern mit 'm Geld aus
unseren Taschen und dem, was sonst noch umbringt. Aber pst!
Er hält den Zeigefinger der linken Hand senkrecht vor seine Lippen.
Gebeugt, wie nach einer inneren Verwundung, geht er weiter.

Januar 2024

TREIBEN

Er trieb sein Spiel. Von Kind auf trieb er sein Spiel.

Man hatte Spaß an seinem Treiben. Man hatte Spaß und trieb ihn an.

Er trieb es weiter, auch als Erwachsener. Und als Erwachsener betrieb er es als Beruf.

Immer weiter trieb er es. Er trieb es zu weit.

Als er alt war, trieb er es so weit, dass man nicht mehr über seine Rolle lachte, sondern über ihn.

Was hat ihn denn nur dazu getrieben?

Ich weiß nicht, warum ich zu manchem Rhinozeros nicht Rhinozeros sagen darf, egal ob es nun eine Uniform anhat, einen Rock, einen Hosenrock oder nur seine nackte Haut.

Sage ich zu einem Rhinozeros Rhinozeros, dann heißt es gleich Beamtenbeleidigung, Verhöhnung unserer Mitgeschöpfe oder schlimmstenfalls sogar: nicht gendergemäße Sprache.

Was waren das für paradiesische Zeiten, als ich in meiner Kindheit Nachbars zickige Tochter Zenzi noch Zicke Zenzi und Rhinozeros nennen konnte, ohne dass sie sofort beschwerdeführend die Gleichstellungsbeauftragte der LPG anrief, was aber, zugegeben, auch daran liegen konnte, dass es, wie jeder weiß, aufgrund der Mangelwirtschaft in der schwinsterfarzen DDR damals weder Gleichstellungsbeauftragte noch Telefone gab.

Wo waren wir stehen geblieben?

Ach ja. Also: Schleierhaft bleibt mir, warum meine zickige Nachbarin Zenzi, ja, genau die, deren Vater damals einen Tante-Emma-Laden betrieb und später sogar Leiter der Konsumverkaufsstelle wurde, dass diese Zenzi neuerdings mit dem Vornamen Crescentia angesprochen werden will, und Dame Crescentia sich herausnehmen darf, mich einen Esel zu schimpfen.

Fast täglich, wenn wir uns auf der Treppe oder im Supermarkt begegnen, wo sie Waren in die Regale einräumt, um sich zur Rente etwas hinzuzuverdienen, schimpft sie mich einen Esel.

Rege ich mich da gleich tierisch auf?

Nein!

Rufe ich da gleich den Gleichstellungsbeauftragten des Supermarkts an?

Nein!

Ich lasse Dame Zenzi gewähren und fühle mich noch wohl dabei, denn Esel, bitte sagen Sie ihr das bloß nicht weiter. Esel gehören, spätestens seitdem ich in meiner Kindheit die warmherzigen Vokale I und A lernte, zu meinen Lieblingstieren.

LPG – Abk. für Landwirtschaftliche Produktionsgenossenschaft:
Da wurden, wenn ich mich recht erinnere, Menschen als Bauern an- und Kühe als Kühe in Ställen eingestellt. Des weiteren bestellte man gemeinsam Felder, was aber noch nicht per Katalog oder im Internet (Stichwort Mangelwirtschaft) möglich war, sondern persönlich vor Ort getan werden musste.

MOMITI
Nach einer wahren Begebenheit

Kommen Sie rein, Schwester Varinia.

Herr Minenko trat zur Seite und schloss die Tür hinter ihr.

Ich habe heute etwas Besonderes, sagte Schwester Varinia, einen Fragebogen unseres Pflegedienstes nämlich. Bitte ausfüllen und danach in diesen Umschlag stecken. Aber, und das ist wichtig, ohne Ihren Namen. Alle Teilnehmer sollen anonym bleiben. Den Umschlag geben Sie dann am Abend Schwester Fiona wieder mit.

Als Schwester Varinia gegangen war, setzte Herr Minenko seine Brille auf und las:

Sehr geehrte Damen und Herren, der WUPS plant eine Erweiterung seines Service-Angebotes in Form eines MOMITI.

Um die abschließende Planung und Umsetzung weiter zu intensivieren, würden wir Sie deshalb bitten, die 4 nachfolgenden Fragen zu beantworten ...

Herr Minenke nahm die Brille ab, legte sie neben den Fragebogen und kratzte sich die Kopfhaut unter dem verbliebenen grauen Resthaar. Momiti, sagte er leise und ehrfurchtsvoll, jedoch ahnungslos in Bezug auf den Inhalt der vom WUPS und vielen anderen wie selbstverständlich gebrauchten Abkürzungen.

Herr Minenko griff erneut, diesmal etwas zögerlich, zur Brille und las die erste Frage, um möglicherweise durch sie Rückschlüsse auf die magische Buchstabenfolge MOMITI ziehen zu können.

1.

Sind Sie bereits TeilnehmerIn an einem MOMITI?

Ja

Nein

2.

Sind Sie an einem MOMITI interessiert?

Ja

Nein

Er zwang sich weiterzulesen, war jedoch nach der vierten Frage nicht klüger als zuvor und fühlte sich außerstande, Zutreffendes anzukreuzen.

Momo kenne ich, murmelte Herr Minenko. Tolles Buch. Lange her. Und sicher nicht gemeint, denn von Zeitdieben wird an oder bei oder mit oder auf einem MOMITI, das der WUPS anbietet, bestimmt keine Rede sein.

Langsam zerriss der alte Mann den sorgfältig erarbeiteten Fragebogen und warf ihn, schwupps, seinem seit langem mit solchem und ähnlichem Futter gemästeten Papierkorb als Fraß vor.

MOMITI – Bei einigen Pflegediensten gebräuchliche Abkürzung für Mobiler Mittagstisch.
WUPS – hier Abkürzung für Wohn-und-Pflege-Service.

DAS WAREN NOCH ZEITEN

Das waren noch Zeiten, sagt die Uroma, als meine Schwester und ich, wenn die Eltern außer Haus waren, im Kinderzimmer Serge Gainsbourg und Jane Birkin vom Tonband den Song "Je t'aime" stöhnen ließen.

Und da gab es einen Opa, der über uns wohnte, und der, wenn er uns im Konsum traf, nicht wie andere Erwachsene, die sich das Lied hinter geschlossenen Wohnzimmertüren anhörten, Schweinskram sagte, sondern den Zeigefinger seiner rechten Hand zu einer Art Ausrufezeichen formte und mit verschwörerischer Miene flüsterte, dass er doch auch mal jung gewesen sei.

Obwohl wir das angesichts seiner Furchen und Falten auf der Stirn, unter den Augen und am Hals stark bezweifelten, nickten wir artig wie alle artigen Kinder, damals, als man als Mädchen bei einer Begrüßung und auch zum Abschied noch einen Knicks und als Junge einen Diener machen musste, wollte man nicht als unerzogene Göre gelten.

Das waren noch Zeiten, sagt die Uroma zu ihrer Urenkelin.

Und die Urenkelin nickt.

DER RABE

Weißt du, Hannchen, was Glück für mich war, seitdem Tildchen nicht mehr ist? Aber lach nicht. Versprich mir, dass du nicht lachst. Glück für mich war, dem misstrauischen Blick eines Raben, der eines Morgens im Gras vor meinem Balkon etwas suchte, standzuhalten, bis er Vertrauen fasste, wiederkam und sogar gemeinsam mit mir frühstückte – ich oben, er unten.
Lehn dich ein bisschen an, wenn du magst.

WIR HATTEN SEHNSUCHT

Wir hatten Sehnsucht nach uns.

Wir hatten Sehnsucht nach einer Wohnung.

Wir hatten Sehnsucht nach weiten Reisen.

Wir hatten Sehnsucht nach einer besseren Welt.

Wir hatten Sehnsucht nach Kindern.

Wir hatten Sehnsucht nach einem größeren Auto.

Wir hatten Sehnsucht nach einem Haus.

Wir hatten Sehnsucht nach unseren Freunden.

Wir hatten Sehnsucht nach unserer Jugend.

Wir hatten Sehnsucht nach einer Hoffnung.

Wir hatten Sehnsucht nach einer Sehnsucht.

Welche war es?

Was haben wir noch?

DIE EINBERUFUNG DES SISYPHUS

TAGEBUCHNOTIZ, FRÜH, VOR DEN NACHRICHTEN

..., und der Schatten einer Taube streift über Blätter des Baumes vor meinem Fenster. Sekunden später beginnt er leise zu gurren, der Baum.
Frieden, denke ich.

FRIEDENSKAMPF
Ein Bericht aus der Zeit, in der wir noch nicht kriegstüchtig waren

Der Kampf um den Frieden stand an vorderster Stelle. Er hatte die Gestalt eines dem Anlass angemessen gekleideten Redners oder einer ebenfalls auf ihr Aussehen bedachten Rednerin. (Kein Anzug von der Stange. Keine Bluse, billig ins Haus geklickt und geschickt.) Die gewählten Worte allerdings sahen grau aus – mausgrau, alltagsgrau, feldgrau – und sie waren verschlissen vom häufigen Gebrauch, glichen einer langen Reihe uniformierter Soldaten, die lange im Dreck gelegen hatten.

Uniformiert zumeist auch die Gesichter, zugeneigt, so schien es, dem Kampf um den Frieden an vorderster Stelle, während Augen, und Münder, gebändigt, mit hinter Ausdruckslosigkeit versteckter Begierde auf die Eröffnung des kalten Buffets zum Betriebs-, Ernte- oder Schlachtfest warteten – oder einfach nur auf den gehörigen Beifall, das Ende.

DIE STIMME

Gewidmet meinem Großvater Fritz Freigang, 1891-1961

Manche kamen in der Grube um, in die sie, tagtäglich fast, ein Leben lang einfahren mussten.

Manche fielen nie in eine Grube, die sie für andere gegraben hatten oder graben ließen.

Manche fielen im Graben, Fraß für die Raben, standen nie wieder auf.

Manche mussten sich selbst ihr Grab schaufeln.

Viele finden wieder Gefallen am Krieg.

Gefallen ...

Gefallen sich darin, Kriege wieder zu rechtfertigen.

Das war damals, im Jahrzehnt nach dem ersten wie nach dem zweiten großen Schlachten noch nicht wieder so ausgeprägt wie vordem. noch nicht so ausgeprägt wie heute, sagt Großvaters Stimme und ruft plötzlich: Rührt euch, bevor sie verstummt, vielleicht erneut für Monate in mir einschläft, die Stimme, die mit mir sterben wird und dann für immer ohne Resonanz bleibt.

Na lies schon vor, forderte Clara mich auf.

Erschrick nicht, sagte ich, der Anfang besteht aus Zitaten.

Fang einfach an, sagte sie. Und ich sagte: Also, und begann die ersten Sätze meiner Miniatur vorzulesen:

Der Mann, um Forschheit bemüht, geht zum Rednerpult und legt los: „Er" (der Kulturbetrieb) „hat sich dem Volk entfremdet. Fast das gesamte staatlich goutierte Kunst- und Kulturschaffen ..., spielt sich in einem Rahmen ab, der auf linken und von Selbsthass geprägten Grundsätzen beruht." Ihre Prämissen seien, so der Redner weiter, unter anderem die Ablehnung traditioneller Lebensformen sowie die Verspottung von Nationalgefühl und Patriotismus. Deshalb tauge diese Kultur auch so rein gar nichts.

Ergo: Es solle nur das gefördert werden, was sich als" lebensfähig" erwies. Kunst aus dem Volk für das Volk sei die Devise, ein Bekenntnis gegen Entfremdung und zur deutschen Nationalkultur und ...

Hör auf, unterbrach mich Clara. Wohin diese Goebbels-Reden über entartete Kunst führten, das dürfte doch wohl bekannt sein. Scheiterhaufen für Bücher, Jagd auf gebrandmarkte Schriftsteller, Maler und andere Künstler, Mord und Totschlag wenn man ihrer habhaft wurde.

Wie kommst du auf Goebbels, fragte ich, gespieltes Erstaunen vortäuschend. Die Zitate stammen von einem Herrn Tillschneider.

Der ist oder war Fraktionssprecher für Wissenschaft, Bildung und Kultur einer bräunlichen, mühsam mit Blau übertünchten im Landtag vertretenen Partei.

Okay, sagte Clara. Hätte ich ahnen können. Entschuldige die Unterbrechung. Jetzt bin ich auf den Schluss deines Textes gespannt.

Ich auch, sagte ich.

Lies und zier dich nicht, drängte sie.

Ich ziere mich nicht. Ich habe soeben im Kopf den Anfang wie auch den Schluss durchgestrichen.

Und?

Und ich werde Anfang und Schluss so schreiben, wie sie hier, in Wirklichkeit, gerade passiert sind.

Wirst du dabei einen anderen Namen für mich erfinden?

Wenn du möchtest.

Nein, sagte Clara, das möchte ich nicht.

Jemand trat heran und blieb neben mir stehen. Das künstliche Licht in der Galerie und das seitlich von hinten in sie fallende Sonnenlicht erzeugten auf magische Weise den vagen Schattenriss eines Kopfes auf dem Glas des gerahmten Bildes.

Ernst Barlach, Sternreigen, 1919, Lithografie, las der Fremde mit gedämpfter Stimme, als läse er sich Titel und Information selbst vor.

Nach einer kurzen Pause, in der ich ihn einatmen und langsam Luft ablassen hörte, sagte er, nunmehr unmissverständlich an mich gerichtet: So viele Sterne ... Manche winzig wie Leuchtkäfer, manche wie dicke, blitzende Himmelsdiamanten. Das ist unglaubwürdig. Dazu noch diese Verzückung im Gesicht des jungen Mannes.

Und überhaupt, setzte er seinen Gedankengang fort, sie hatten doch damals sicherlich anderes zu tun, als den sorglosen Nachtschwärmer zu spielen. Schließlich war vordem vier Jahre Krieg gewesen. Ich sage nur Verdun. Sie verstehen?

Mein Großvater war dort, sagte ich.

Als Tourist? fragte der Fremde.

Nein, nicht als Tourist, auch nicht als Schlachtenbummler, erwiderte ich.

Sondern?

Er war 1916 dort. Hat bei Verdun in Blut und Dreck gelegen. Hätte nie geglaubt, jemals wieder den Kopf heben zu können, um die Sterne zu sehn, die richtigen – Leuchtkugeln sind keine Sterne. Und dann sah er sie wieder, beim Heuwenden, nach dem Krieg, an einem späten Abend über seiner Wiese. Wie Blumen blühten sie auf, und er sah sie, die er vor dem Krieg so viele Male gesehen hatte, als sähe er sie zum ersten Mal.

Woher wollen Sie das wissen, fragte der Fremde neben mir.

Er hat davon erzählt, sagte ich.

Und das erinnern Sie noch?

Ja, als ich für die Schule Mond und Sterne zeichnen sollte, fragte mein Großvater: Was? Nur drei? Mal ihnen den ganzen Himmel voll mit Sternen, so viele, wie manchmal über unserer Wiese stehn. Und lass sie tanzen, als freuten sie sich mit dir, dass etwas Schlimmes überwunden ist. Weißt du noch, als du mir das Abendbrot brachtest, wir am Holunderbusch saßen, du einschliefst, einen bedrückenden Traum hattest und danach zum Himmel stauntest.

Hast du vorher jemals so viele und so schöne Sterne gesehn?

Nein, sagte ich. Und er sagte: Na also. Und nach einer Weile, kaum hörbar: Mein Alptraum währte länger. Der schlimmste, den man sich denken kann.

Die Luft in der Galerie war warm und trocken. Ich verspürte ein Kratzen im Hals und räusperte mich, wollte weitergehen, verharrte, denn der Mann neben mir trat einen Schritt näher an das Bild heran.

Diese Miniatur wurde geschrieben nach dem Besuch der Ausstellung „ERNST BARLACH, IN MEMORIAM. BRONZE UND LITHOGRAFIE.", 11. Juli bis 11. August 2023, Galerie „Himmelreich" Magdeburg.

MEINE SEHR VEREHRTEN DAMEN UND HERREN

Bitte erschrecken Sie nicht. "Deutschland hat Russland den Krieg
erklärt."
Dieser Satz, dieses Zitat ist dem Tagebucheintrag Franz Kafkas
vom 2. August 1914 entnommen. Der Eintrag lautet vollständig:
"Deutschland hat Russland den Krieg erklärt. – Nachmittag
Schwimmschule."
Sie können sich also zunächst getrost zurücklehnen. Das Erschrek-
ken, der Schrecken, von mir sozusagen herbeizitiert, war, wenn Sie
denn wirklich erschrocken waren, völlig umsonst.
Und selbst wenn Deutschland Russland und so weiter ...
So schlimm, suggeriert dieses Zitat, so schlimm wird er schon nicht
werden, dieser Krieg, sonst hätte doch jeder Gedanke an ihn alle
anderen Gedanken an alltägliche Freuden und Pflichten schlagartig verdrängt.
Oder?
Oder missinterpretieren wir Franz Kafkas Tagebucheintrag, und er
stellte der schrecklichen Nachricht, dem bevorstehenden Grauen,
der Vorstellung des Unvorstellbaren seine Hilflosigkeit konträr gegenüber, dieses bei schlimmem Geschehen immer im Hintergrund
mitschwingende "Das Leben muss doch weitergehen"?
Oder?
Oder schützt er seine zu dünne Haut mit dem bewussten Versuch
einer Verdrängung – einer Verdrängung durch die Konzentration
auf den durch den Kriegsbeginn nun wahrlich unwichtig gewordenen Termin in der Schwimmschule?
Aber ...
Aber ist durch die Beiläufigkeit der Erwähnung dieses Termins der
Versuch der Verdrängung nicht von Anfang an zum Scheitern ver-

urteil?

Oder ist Kafkas Tagebucheintrag durch die Kurznotiz "Nachmittags Schwimmschule" bereits ein bewusstes zur Sprache bringen verbreiteter Gleichgültigkeit, dieser noch immer grassierenden Seuche, von der manchmal selbst empfindsamste Menschen infiziert werden? Der Krieg war ja trotz der vorhergehenden langen Periode relativen Friedens nicht erst kurz vor jenem August vorhersehbar gewesen. Und jener Schaudern machende nachfolgende Begeisterungstaumel, notiert am 6. August 1914 {Blumen und die widerlichen patriotischen Umzüge}, ein Begeisterungstaumel, in den auch eine Unzahl bis dahin Gleichgültiger verfiel – war er nicht ebenfalls eine Form der Gleichgültigkeit, einer Gleichgültigkeit gegenüber dem eigenen Leben und dem Leben anderer?

Sie jedenfalls sahen nicht den Maulwurf, den Kafka in einem Notat wenige Wochen später unter einem Schützengraben bohren sah.

Und noch ein Oder:

Oder war diese Notiz der Versuch, dem Alltäglichen, Banalen angesichts welt- und damit das eigene Leben erschütternder Katastrophen als einem trotz alledem vertrauten, möglicherweise haltgebenden Ordnungsprinzip zu folgen?

Und zuletzt nun ein ganz anderes Oder:

Oder sind diese von mir erwogenen Interpretationsmöglichkeiten in Bezug auf Kafkas Tagebuchnotiz nicht völlig verfehlte Denkangebote, ist doch das Thema Krieg in vielen nachfolgenden Eintragungen kaum noch präsent?

Präsent und dominant ist Kafkas immer wiederkehrende tiefe Angst, der verzweifelte, existenziell bedrohliche Gedanke, vielleicht nie mehr schreiben zu können, war doch Schreiben, wie er schrieb, sein Kampf um die Selbsterhaltung.

So, meine sehr verehrten Damen und Herren, ich danke ihnen, dass sie bis jetzt noch nicht aufgestanden und ins Freibad gegangen sind. Bitte machen Sie es sich weiterhin unbequem. Ich beginne nun mit dem eigentlichen Vortrag über das Thema "Versteckte Prosaminiaturen in den Tagebuchaufzeichnungen Franz Kafkas".

DIE DAME MIT DEM HÜNDCHEN

Es war Sonntag. Es war Frühling. Ich wollte ins Freie. Und ich wusste nicht wohin.

Da fiel mein Blick auf eine kurze Ankündigung im Anzeigenblatt, gleich neben dem Sonderangebot (Frischkäse, die von mir bevorzugte Sorte).

In dieser kurzen Ankündigung lud eine einheimische Dichterin an jenem Sonntag, von dem hier die Rede ist, zu einer PoesieWanderung ein. Im Park. Am Fluss. Treffpunkt: unter dem Geraun der alten großen Eiche. Während der Wanderung würde sie, die Dichterin, mit dem Teilnehmerinnen und Teilnehmern an besonders schönen Stellen verweilen und unter anderem auch ihre neuen Frühlingsgedichte vortragen.

Es wurde ein eindrucksvolles Erlebnis, obwohl ich im Mai geborener Poesie gegenüber ziemlich misstrauisch bin.

Die Eiche summte. Die Vögel tirilierten. Und die Dichterin, nein, sie tirilierte nicht, sie las in den Wanderpausen inmitten des Blühens ringsum ihre wie Tau funkelnden und nach Flieder duftenden Gedichte.

Die fünf Damen, die außer mir zu diesem literarischen Vormittag im Grünen gekommen waren, sie klatschten nach dieser kleinen Lesereise zu Fuß begeistert Beifall.

Auch jene Dame, Blondine, mittelgroß, mit kamelhaarfarbener Baskenmütze und Hündchen an farblich darauf abgestimmter Leine tat es.

Ist wohl geradewegs aus Tschechows Erzählung" Die Dame mit dem Hündchen" entstiegen, dachte ich.

Originell, wie ich manchmal zu sein glaube, fragte ich: Sagen Sie, Anna Sergejewna, kennen wir uns nicht?

Woher?

Aus einer Erzählung des russischen Schriftstellers Anton Tschechow.

Ich kenne keine Russen, sagte die Dame, und ich lese auch keine. Sie sollten das ebenfalls nicht tun. Schließlich ist Krieg mit denen. Da gehört sich sowas nicht. Und im Übrigen heiße ich nicht Anna Sergejewna, sondern einfach nur Anna.

Nach dieser Zurechtweisung, noch bevor ich mich abwandte, bar einer passenden Antwort, hatte das Hündchen, natürlich ein weisser Spitz, an der kamelhaarfarbenen Leine der Dame Mut gefasst, bellte mich an und bellte mir lange noch wie einem altbösen Feind hinterher.

MITTEN IN DER NACHT

Komm, die warten schon, sagt jemand, männliche Stimme, draussen, vor dem Haus, unter meinem spaltbreit geöffneten Fenster.
Ich kann nicht heraushören, ob da Angst ist in seinem Tonfall, Vorfreude oder der Ton des sich willigen Fügens ins Ungewisse, Unvermeidliche. Ich weiß auch nicht, was dieses Ungewisse, Unvermeidliche sein könnte.
Und: Wer sind sie, die da warten bei Nacht und Nebel, wie man so sagt? Warum warten sie, diese Beiden, unter meinem Fenster?
Ich denke an meinen Großvater. Warum denke ich gerade jetzt, nach diesem zufällig aufgeschnappten Satz, an meinen Großvater?
Was ihm wiederfuhr, das war doch im vorigen Jahrhundert. Und sie haben, wie er später erzählte, damals n i c h t auf ihn gewartet.
Sie sind sofort, nach Stiefeltritten gegen Hoftor und Haustür ins Haus gestürmt. 1933 war das, und er wurde mit anderen Roten, die auf schwarzen Listen standen, zusammengetrieben, auf dem Schulhof der Schule in S. zusammengetrieben, dort, wo ich 24 Jahre später eingeschult wurde ...
Komm, sie warten.
Ich stehe auf, schließe das Fenster, kann lange nicht einschlafen.

SIE FANDEN

Sie fanden, er sei der Richtige.

Sie fanden es amüsant, ihn anzusprechen.

Sie fanden, er sah aus, als hätte er was.

Sie fanden ein Portemonnaie in seiner Jackentasche.

Sie fanden das Foto einer Frau im Portemonnaie.

Sie fanden nichts dabei, ihn zu treten.

Sie fanden, er guckte so komisch, am Boden, mit starrem Blick.

Sie fanden, er hätte noch mehr verdient.

Man fand ihn – später.

NACH BRECHT

Aus den Radionachrichten, NDR 1, 15.11.2023, 6,30 Uhr:
„... Die Soldaten drangen in das Krankenhaus ein und führten dort eine gezielte präzise Operation durch."

Bleibt zu fragen:
Hatten sie nicht wenigstens einen Arzt bei sich?

ZITAT UND ANMERKUNG

"Die moralischen Werte, an denen sich unsere Gesellschaft orientiert, erkennt Ulrich als Funktionsbegriffe: Die gleiche Handlung kann gut oder böse sein, und im Endeffekt zeigt sich als einziges Charakteristikum der europäischen Moral, dass sich ihre Gebote hilflos widersprechen."

Eine Regierung also, die beispielsweise Krankenhäuser, Schulen und Wohnviertel bombardieren lässt, kann dies mit vermeintlich guten Gründen rechtfertigen (z.B. mit dem Kampf gegen den Terrorismus), und sie kann gleichzeitig, handelt eine andere Regierung ebenso, diese andere Regierung als verbrecherisch brandmarken.

Zitat aus Ingeborg Bachmanns Text "Ins tausendjährige Reich" bezüglich Robert Musils "Der Mann ohne Eigenschaften".

DIE EINBERUFUNG DES SISYPHUS

Als das Staatssäckel wie auch die Waffenarsenale fast geleert waren, um die mit diesem Staat befreundete Kriegspartei eines anderen Staates in ihrem als heroisch deklarierten Überlebenskampf zu unterstützen, wurde, sozusagen als letztes Mittel, die allgemeine Mobilmachung angeordnet. Hunderttausende, ohne auch nur das leiseste Murren kund zu tun, folgten den amtlichen Gestellungs-befehlen, ging es doch gegen den altbösen Feind, gegen den die Vorfahren der jetzt zu den Waffen Gerufenen bereits zweimal vergeblich zu Felde gezogen waren.

Als die elektronischen Augen dann die Listen mit den Namen der Einberufenen durchsahen, bemerkten sie, dass ein gewisser Sisyphus seinem Einberufungsbefehl nicht Folge geleistet hatte.

Also leitete man entsprechende Maßnahmen ein, um diesen Drükkeberger seiner vaterländischen Pflicht auf dem Feld der Ehre (nicht zu verwechseln mit: Ähre) zuzuführen

Am folgenden Tag spielte sich am Arbeitsplatz des Genannten nach Verlesen der Anordnung zur Vorführung des Sisyphus und eindringlicher, jedoch vergeblicher Aufforderung, sich widerstandslos seiner Pflicht zu stellen, folgende Szene ab:

Sie sehen, sagte Sisyphus, ich gehöre zu jenen, die berufen sind, tote Dinge zu bewegen – also nicht zu jenen, die gerufen werden, dem Tod unter die Arme zu greifen, um zu vervielfachen die Zahl seiner Opfer. Von dieser Arbeit, ich weiß nicht, ob sie das nachvollziehen können, bin ich, im Augenblick jedenfalls, unabkömmlich.

Momentlang verstummten die niederen Chargen (sprich: Schergen) der von höchster Kommandostelle entsandten und bereits tadellos uniformierten Kommission unterhalb der Stirnhöhe des Steins. Doch schnell gewann der oberste Menschenjäger (Feldjäger wäre eine irreführende Bezeichnung) seine Fassung wieder.

Und wenn es ein König wäre - bringt her das Subjekt, rief er!

Auch für solche ist die passende Uniform schon genäht.

Also: marsch, marsch!

Die Schergen zerrten an Sisyphus, zerrten am Stein, doch die, als wären Stein und Körper zusammengewachsen, schienen untrennbar miteinander verbunden.

Wie lange soll ich noch warten, schrie der oberste Menschenjäger dieser Unterwelt.

Und an Sisyphus gewandt mit heiserer, umso drohender wirkender Stimme: Zeitenwende, mein Herr! Frieden? Ha! Papperlapapp! Das gilt auch für Sie!

Sisyphus jedoch hielt weiter den Stein auf, oder der Stein hielt ihn, jedenfalls löste sich keiner vom anderen.

Kann auch sein, Sisyphus stemmte sich nunmehr deshalb gegen jenen Brocken, damit er nicht herabrolle und ihn, den Arbeiter am Berg sowie die entsandte, an ihrem jetzigen Platz nur halbhohe, noch immer tadellos uniformierte Kommission erschlüge.

Ende der Szenerie, denn der oberste Menschenjäger befahl sich und seinen ratlos harrenden niederen Chargen den Abmarsch, nicht ohne vorher zu drohen, dass man baldigst und mit Verstärkung wiederkomme, um einem solchen gewissenlosen Kerl wie er es sei endlich Mores zu lehren.

Das Wort Frieden jedoch, so scheint es, ist seitdem für alle Zeit zum denkbar schlimmsten Unwort geschändet worden.

ENDLICH

In der Prosaminiatur "Amselsturm" von Marie Luise Kaschnitz wird
ein März imaginiert, und an einem kahlkalten Abend in diesem
imaginierten März verwandeln sich die Töne eines Amselsturms in
Blüten, Frühlingslandschaften, blaue Gewitterwolken ...
Auch in Bezug auf die Menschen bewirken die Töne Wunder, werden Sonne auf Augenlidern und überhaupt lauter Erfreuliches.
Die Beschreibung mutet an wie eine Metapher für einen fast erden-
weit blühenden Frühling, in dem Hinz und Kunz sich lieben, umarmen und einander anlachen.
Aus dieser idyllisch anmutenden Szenerie resultiert am Ende des
Textes eine Frage, die gleichzeitig ein Anreden, ein Anschreiben
gegen durchlebte Hoffnungslosigkeit, gegen Zweifel und Verzweif-
lung sein könnte. Die Frage lautet:
"... wer sagt, das in dem undurchsichtigen Sack Zukunft nicht auch
ein Entzücken steckt."
Die Autorin sagt es, indirekt, trotz allem, und bestärkt damit meine
immer wieder gefährdete Vermutung, dass durch Schreiben, und
sei es durch Schreiben einer gegenüber den großen Bedrängungen
winzig erscheinenden Miniatur, dass dadurch Hoffnungsfunken in
Bezug "auf Dinge, die noch nicht sind", zum Leuchten gebracht
werden können.
Also scheue ich mich jetzt fast, auf eine sich mir aufdrängende,
scheinbar gleichlautende Frage eine Antwort zu geben, die alle
Hoffnungsfunken möglicherweise auslöschen kann.
Dennoch: gefragt ist gefragt und gedacht fast gesagt. Und so frage
ich: Wer oder was spricht dagegen, dass im undurchsichtigen Sack
Zukunft Entzücken steckt? Und ich antworte mir selbst: Er, der Kö-
nig. Der König spricht dagegen. Er will, dass wir wieder tüchtig

werden, kriegstüchtig, endlich. Und was immer damit gemeint sein mag. Es ist vermutlich das, was Könige zu jeder Zeit damit meinen. Es tötet. Es tötet in mir im Hinblick auf unsere Zukunft und auf einen möglichen erdenweiten Frühling jede Entzückung.

Marie Luise Kaschnitz, 1901-1974, deutsche Dichterin und Schriftstellerin.

ABER ES WAR

„... aber es war, es ist, in dir ist's! Es ist eine bessere Zeit, die suchst du, eine schönere Welt. Nur diese Welt umarmest du in deinen Freunden, du warst mit ihnen diese Welt", sagt Susette Gontard mit Diotimas Stimme.

Und ich nicke und wiederhole: „Nur diese Welt umarmest du in dienen Freunden."

Nur diese Welt ...

Und ich erschrecke: Wen umarmen die Freunde, wenn wir uns begegnen? Mich – oder nur den Gleichgesinnten?

Zitat aus „Hyperion oder Der Eremit in Griechenland"
von Friedrich Hölderlin.

LOBLIED AUF EINEN KIESELSTEIN

Kieselstein – schönster Stein der Erde.
Niemand kann einen anderen Menschen damit erschlagen.

DER KFFEEHAUSPINGUIN

IM WARTEZIMMER

An der Wand ein großes gerahmtes Foto. Darauf ein Bootssteg.
Die Pfähle: entrindete, in den Seeboden gerammte schmale Baum-
stämme. Die Fläche des Stegs, bestehend aus von unzähligen Wet-
tern dunkel gefärbten, an einigen Stellen bereits morsch wirkenden
Bohlen. Links und rechts neben der nur zwei Ruderlängen breiten
Fahrrinne ins Offene wachsen kleine grüne Wälder aus Binsen und
Schilf. Auf dem Wasser der Fahrrinne: Wellenkräuselwind.
Warum beschreibe ich das?
Weckt das Foto eine Sehnsucht, die mir die Worte diktiert?
Erinnert es mich an eine Erinnerung, die lange nicht in meinem
Gedächtnis auftauchte? Vielleicht an jene Bootsfahrt mit meinem
Freund Waldemar, der sich wie an so vieles andere nicht mehr er-
innern kann, nur manchmal noch meinen Namen weiß.
An einem späten Sommerabend waren wir losgerudert, hatten
stundenlang zwar nicht über Gott, aber doch über die wirkliche
Welt und die ihr immanente literarische geredet, über letztere auch
gelästert, weil es in der wirklichen, in unserer täglichen Lebens-
welt, so schien es uns, immer weniger zu lästern und zu lachen gab.
Lange ließen wir uns treiben, solange, bis der Mond uns mit seiner
Lichtrinne auf dem Wasser den Weg zurück an die Anlegestelle
zeigte.
Warum also beschreibe ich dieses Foto in diesem Wartezimmer?
Ich weiß nicht.
Ich weiß nicht, wie ich diese Beschreibung mit erkennbarem Sinn
fortsetzen könnte. Und einen Sinn sollte das, was man schreibt,
doch haben. Das wurde mir, dem Lehrling, anno dazumal von
meinen literaturkundigen Lehrmeistern in verschiedenen Werk-
stätten auf freundlich-weise Art nahe gebracht.

Wellenkräuselwind ...

Manchmal schreibt man eine Miniatur möglicherweise bloß wegen eines einzigen Wortes, von dem man sich verführen ließ, und nach dem man dann nicht mehr weiter weiß.

Und ich weiß jetzt nicht mehr weiter.

Der Nächste bitte!

VON EINEM AUTOR, DER AUSZOG, DAS TYPISCHE ZU FINDEN I

Einmal sah er lange einem fliegenden Fisch nach, der langsam, äußerst langsam über dem Wasser zielstrebig in Richtung des Meerhorizontes flog.

Als er ihn fast nicht mehr sehen konnte und nachdem er zum Fernglas gegriffen hatte, bemerkte er, dass es nur ein auf der Wasseroberfläche dahinschreitender Vogel mit zwei Schnäbeln war.

Enttäuscht wandte er sich ab.

VON EINEM AUTOR, DER AUSZOG, DAS TYPISCHE ZU FINDEN II

Einmal sah er, wie ein Vogel vom Horizont her über dem Wasser auf ihn zuflog.

Beim Näherkommen erkannte er, dass es nur ein fliegender Fisch war, der dann über den Strand in Richtung des Landesinneren zwitschernd davonschwebte.

Enttäuscht wandte er sich ab.

ANSTELLE EINES SELBSTPORTRÄTS

Auf die Frage, welche seiner Gedichte er selbst für die besten halte,
antwortete der bereits in die Jahre gekommene Autor wehmütig:
die verwerflichen – und die verworfenen.

DER KAFFEHAUSPINGUIN

Vor Zeiten in L. gerieten wir fünf, die mit anderen das Schreiben, das man nicht studieren kann, studierten, zufällig in ein Café, in dem ein Stehgeiger in die rauchschwere Luft einen Hauch Wiener Kaffeehausduft geigte.

Pinguin tauften wir ihn auf Grund seines Aufzugs, leichtzüngig noch, und sprachen dann mit stündlich schwerer werdenden Wörtern im Mund in den blauen Dunst, bis der graumelierte Mond am stuckverzierten Himmel erlosch. Sprachen darüber, dass unsere Kunst künftig mehr sein sollte als nur ein Spiegel, also mehr als ein profanes Abbild profanen Lebens.

Deshalb vielleicht suchte ich in den Büchern, die meine einstigen vier Gefährten schrieben, bis vor kurzem aus Furcht, in ihren Werken solche Trivialitäten zu finden, nie nach einem Stehgeiger oder einer Stehgeigerin.

Und nun – ich bedaure dies – begegnete mir während der jetzt vorgenommenen Durchsicht ihrer Bücher nicht mal ein in blauem Nebel unter dem Graukopf eines Kaffeehausmondes Violine spielender Pinguin. So profan, wie einst von uns dekretiert, hätte ich nun ein solches, zwar nur leicht verfremdetes, jedoch Authentizität vermittelndes literarisches Bild nimmermehr empfunden.

MAN MÜSSTE

Man müsste noch einmal jenes Buch lesen - wie heißt es doch gleich? Warte, ich komme noch drauf ...

Also man müsste jedenfalls noch einmal dieses Buch lesen, auf dessen Titel ich gerade nicht komme.

Man müsste endlich mal in diesen Bestseller reingucken, der jetzt sogar in Drogerien verkauft wird, und rausfinden, ob der möglicherweise gegen niedrigen Blutdruck hilft.

Man müsste nun wirklich auch mal in jenen Büchern blättern, die mir in den vergangenen Jahren zur Freude des oder der Schenkenden zu Weihnachten auf den Gabentisch gelegt wurden.

Ach, diese Man-müsste-Listen!

In manchen Jahren hatte ich an den Neujahrsmorgen mindestens zwei oder drei im Kopf oder auf dem Schreibtisch herumliegen.

Sinnlos!

Sinnlos der Vorsatz, sich daran halten zu wollen.

Sinnlos der Vorsatz, auf sie verzichten zu wollen.

Sinnlos, auch nur eine einzige zu erstellen,

Immer drängten sich Dinge, die auf keiner Man-müsste-Liste standen, in den Vordergrund.

Immer erschienen und erscheinen aus den Gewölben des Unterbewusstseins im Oberstübchen plötzlich und unerwartet beispielsweise Bücher, die rufen: Wir sind nun aber im Augenblick wirklich wichtiger, als die da auf deiner komischen Liste! Die sollen sich gefälligst im Regal hinten anstellen. Sind doch gewohnt zu warten.

Und wenn sie grau werden dabei, werden sie vielleicht noch besser, als sie jetzt sind.

Ja, ich muss es zugeben, das Schöne dabei ist: Meistens hatten und haben diese Rufer und Drängler auch noch Recht.

DAS BELLEN

Der Alte:	Früher war alles besser.
Die Junge:	Ach Opa! Wen oder was meinst du?
Der Alte:	Wen oder was ich meine? Die guten mittelmäßigen Schriftsteller meine ich. Früher waren sogar die guten mittelmäßigen Schriftsteller besser.
Die Junge:	Ist das nicht egal? Die meisten Leute lesen doch sowieso lieber die Besten und nicht die Mittelmäßigen.
Der Alte:	Die Besten? Welche meinst du?
Die Junge:	Na die, von denen in einem Monat mindestens eine Million Bücher verkauft werden – Bestseller eben.
Der Alte:	*Er schlägt entsetzt die Hände über dem Kopf zusammen.*
	Aber Kind! Woher hast du nur diesen Unsinn? Seit wann sind Verkaufszahlen ein Gradmesser für die Qualität eines Schriftstellers oder einer Schriftstellerin? Hat man dir das in den Workshops eingeblasen?
	Die, von denen in einem Monat mindestens eine Million Bücher verkauft werden, die kommen doch bestenfalls erst nach den wirklich schlechten mittelmäßigen Schriftstellern.
	Beide ab.
Der Alte:	*Aus dem Hintergrund der Literaturgeschichte.*
	Es ist auus! Auuf den Huund gekommen!
	Alle Kriterien! Auus! Es ist auus …
	Es hört sich wie ein leiser werdendes, sich entfernendes Bellen nach einem sehr großen Schmerz an.

ADAPTION (I)

Hemingway – jung, übermütig, selbstbewusst – natürlich in einer
Kneipe, und natürlich in einer Runde von Freunden, sagte: Wetten,
ich kann eine Geschichte mit nur sechs Worten schreiben, die euch
die Tränen in die Augen treibt.

Und er schrieb: *Zum Verkauf: Baby-Schuhe, nie getragen.*

Ob die Freunde wirklich den Tränen nahe waren ist nicht überliefert.

Gesichert erscheint mir, dass Hemingways Geschichte aus sechs
Worten in jedem der, sagen wir: vier Freunde, eigene Deutungen
hervorrief, weil jeder von ihnen aus den möglichen, in der Geschichte nicht mitgeteilten vorhergegangenen Geschehnissen in der
Fantasie solche eigenen möglichen Versionen herstellte.

Da mich dies als Schreiber herausforderte, Leserinnen und Lesern
6-Worte-Geschichten anzubieten, die sie in Bezug auf Ereignisse,
Handelnde, Handlungen und Motive der Handelnden zu ganz eigenen und dennoch aus meiner „Vorgabe" resultierenden Geschichten
machen können, folgen nun einige meiner

VERSUCHE:

Schuldspruch! Schuldig? Er folgt ihr. Verharrt.

***

Du liebst d i c h! Nur dich! Bleib.

***

Liz, nicht! Mein Mann! sagt Tom.

Rechtskurve. Baum … Festtag: Hochzeit der Witwe.

***

Luftballon … Durchnässte Nachricht. Lesbar noch: Papa.

***

Diagnose. Endlich! Der Arzt raucht. Weint.

***

Er keucht, blutet, liegt reglos … Beifall.

***

Stellwerk, zugewuchert. Stimme, weiblich: Vater – komm!

***

Arbeitete. Ein Leben lang. Arbeitet – muss.

***

Versuch ätsch bätsch. Kindersprache versteht sie.

***

Franz, schweigend jetzt, nüchtern … Grabes Stille.

***

Müller, Heiner. Wartend. Flügellos. Geschichtslos. Versteint.

Heiner Müller, Pseudonym Max Messer, 1929-1995, deutscher Dichter, Dramatiker und Essayist.

ADAPTION (II)

Die Raupe
„Du bist zeitlebens für das verantwortlich, was du dir vertraut gemacht hast", sagte der Fuchs zur Raupe.
In Ordnung, erwiderte sie, und besuchte den Blumenkohl von nun
an nur noch als Schmetterling.

Die Katze
„Du bist zeitlebens für das verantwortlich, was du dir vertraut ge-
macht hast", sagte der Fuchs zur Katze.
Sie nickte, und begann hingebungsvoll mit einer Maus zu spielen.

Der Dichter
„Du bist zeitlebens für das verantwortlich, was du dir vertraut gemacht hast", sagte der Fuchs zu einem Dichter.
Selbstverständlich, antwortete der Dichter, und reimte hinfort noch
eifriger Herz auf Schmerz.

Der Fuchs
„Du bist zeitlebens für das verantwortlich, was du dir vertraut gemacht hast", sagte der Fuchs zu sich selbst und ging ganz im Sinn
seines Erfinders Antoine de Saint-Exupéry, an jedem Abend mit
den Hühnern in den Hühnerstall, um sie vor hungrig umherstrei-
fenden Füchsen zu beschützen.

Zitat aus: „Der kleine Prinz" von Antoine de Saint-Exupéry,
französischer Schriftsteller, 1900-1944.

UNVOLLENDETE GESCHICHTE

Schon vor Wochen hatte er Anlauf genommen, um seine Liebesgeschichte mit einem einzigen Satz zu überwinden und genau auf
dem Schlusspunkt zu landen.

Und dann geschah ihm das: Anlauf um Anlauf, Satz um Satz benö-
tigte er, und landete am Ende dennoch nie auf dem Punkt, sondern
stets, und vordem bereits vehement fluchend, auf einem Ausrufezeichen.

Und so oft er diese unvollendete Liebesgeschichte auch ausdruckte
und in den Papierkorb warf, immer wieder kehrte sie auf magische
Weise in seinen Kopf zurück.

Also wird er wohl, wenn ihm keine zweite Liebesgeschichte da-
zwischenkommt, was äußerst unwahrscheinlich ist, sein ganzes
Leben lang wieder und wieder die gleiche Geschichte zu Papier
bringen.

Damals.

Wittenberge.

Bahnhofswirtschaft.

Nikotingelbes Licht.

Die Uhr an der Wand hinter dem Tresen glich einem Vollmond mit Zeiger.

Die Zeit: 2:34 Uhr.

Das vierte Kännchen Kaffee, die schon etwas lädierte Tasse – beide, von weitem gesehen, wirkten winzig auf dem Tisch vor dem hohen nachtschwarzen Fenster.

An den anderen Tischen, vereinzelt, schläfrige oder dösende oder schlafende Leute.

Am Tresen ein sich abwendender, dann auf den vor seinem vierten Kännchen wartenden B. zustrebender Mann.

Schwankender Gang. Abruptes Verharren.

Was liest 'n da?

'N Buch, sagte B.

Kriegst gleich eins in die Fresse, sagte der Mann.

Schon gut, schon gut.

B. verließ die Bahnhofswirtschaft, setzte sich in die reifkalte Wartehalle, las nicht mehr, fuhr um 4:46 Uhr mit dem Morgenzug zurück zu seinem Standort im Leseland.

UNERWARTETES GLÜCK

Und wenn sie nicht gestorben sind, so leben sie noch heute."
Wie oft hatte seine Großmutter ihm diesem Satz vorgelesen oder
ihre selbst erfundenen Märchen mit ihm abgeschlossen, denn er,
der Junge, mochte es besonders, wenn sie mit diesem Satz endeten.
Lange trug er ihn ungebraucht mit sich herum. Zeitweise konnte er
ihn sogar ohne ihn zu vermissen in ein abgelegenes Hinterstübchen
seines Bewusstseins drängen.

Dann jedoch, er war längst ein reifer Mann geworden, wie man
wohl noch zu Zeiten seiner Kindheit diese Lebensstufe, in der er
sich befand, bezeichnete, dann jedoch starb seine Mutter und kurz
danach auch sein Vater.

Und so begann er eines Tages, als er seiner Trauer über den Tod
der Eltern mehr und mehr misstraute, durch die plötzliche Präsenz
jenes einst von ihm geliebten märchenhaften Satzes: „Und wenn sie
nicht gestorben sind ...", nach ihnen zu suchen, zu suchen in den
Geschichten, die er schrieb, und zu suchen in der Realität, in der er
lebte.

Es war ein unerwartetes Glück, so empfand er es, älter werdend
und im Gegensatz zu vielen anderen, für den Rest seines Lebens auf
der Suche sein zu können.

An diesem Montag zündete ich eine Kerze an und wagte, mich
meines eigenen Verstandes zu bedienen.

Danach griff ich nach dem einzigen in meiner Metropole noch
verbliebenen Blatt am Pressebaum und erfuhr:

"Immanuel Kants Jugendtraum war es, an der Königsberger
Universität kritisches Denken zu lehren."

Als ich das las, dachte ich, es wäre an der Zeit, nun doch endlich
einmal sein geliebtes Königsberg zu verlassen und sich anderenorts
für einige Semester hinter ein Pult zu stellen und zwecks Verbrei-
tung ...

Na, Sie wissen schon.

Und ich, ich wüsste schon wo.

Magdeburg, 22. April 2024

WOHNZIMMERFISCH

Eines Morgens, Gioconda Belli war gerade aus meinem Bücherregal gefallen, begann sie wie manche vor ihr, jedoch längst nicht alle, denen das gleiche Missgeschick widerfuhr, nach kurzem Umsehen mit mir zu sprechen.

Sag mal, sagte sie, warum ignorierst du mich eigentlich? Seit Monaten kein Blick in meine Augen, kein Wort zu meinen Gedichten, kein Gespräch darüber. Du missachtest mich. Ich komme mir vor bei dir wie in einem ungastlichen Exil, eine Ausgestoßene, heimatlos, dabei habe ich meine Heimat doch nie verloren. Wo ich auch bin und wo ich auch hinkomme, sie ist mit mir, hier, es mag pathetisch klingen, aber man müsste mir schon das Herz herausschneiden, um sie zu entfernen.

Ach geh, Gioconda, unterbrach ich sie. Bist überempfindlich geworden. Was klagst du? Stehst im Regal neben Ernesto, hast wie ich Gedichte geschrieben an ihn, eines, dass mich besonders berührt, sogar schon einen Tag nach seinem Tod.

Ernesto ...

Ernesto, dem ich vor vielen Jahren hier, im Dom meiner Heimatstadt begegnete, dem wir, mein Kollege Volkmar und ich, die Lesebühne mit Tontechnik ausstatteten, sie beleuchteten, und mit dem wir, nachdem er die Wörter seiner Poesie leuchten ließ, merkwürdigerweise einige Sätze über die damals mehr und mehr wie hinter schmutzigem Glas scheinbar für immer ergrauenden Träume sprechen konnten.

Zuvor, während der Veranstaltung, hatte er, wenn mich mein Gedächtnis nicht trügt, das Gedicht "Tagesanbruch" gelesen.

Du kennst es, bestimmt. Es ist die schönste Beschreibung eines Morgens in einem Gedicht:

Schon krähen die Hähne.
Schon krähte dein Hahn, Mutter Natalia,
Schon krähte der deine, Vetter Justo.
Steht auf von euren Betten, von euren Matten.
Mir scheint,
auch die Heulaffen erwachten schon am anderen Ufer.
Lasst uns die Herdfeuer blasen, schüttet die Nachttöpfe aus ...

Und so schön weiter. Ich verliere mich. Nicht darauf wollte ich
hinaus. Die Zeilen über Träume wollte ich dir sagen:

Die Träume trennen uns voneinander, auf unseren Strohsäcken
in unseren Betten und Hängematten
(jeder einzelne mit seinem Traum),
doch das Erwachen vereint uns.
Schon schwindet die Nacht und ihre Schemen und Nachtmahre
         folgen ihr.
Bald werden wir das Wasser sehr blau sehen ...

Ach geh, wiederholte ich, aus jener Vergangenheit wieder auftau-
chend, gnatze nicht rum, lies es selbst nach. Im Übrigen ist Ernesto
schon viel länger bei mir zu Hause als du. Beschwert er sich vielleicht, dass ich auch andere Dichterinnen und Dichter lese?
Kennst du mein Gedicht Wohnzimmerfisch, fragte sie.
Lenk nicht ab, erwiderte ich. Ich weiß, dass du kämpferisch warst
und bist, aber ich meinte bisher, das schließt Toleranz und Bescheidenheit nicht automatisch aus.
Kennst du das Gedicht oder nicht, fragte sie unbeirrbar ein zweites
Mal.
Sicher, antwortete ich unwirsch, sicher habe ich es irgendwann ge-

lesen.

Und gewiss, gewitterte sie, gewiss ist es dir im Augenblick nur nicht ganz gegenwärtig. Stimmt's?

Stimmt, bestätigte ich, ich werde es gleich nachher ...

Gleich nachher ..., echote sie. Was Männer so versprechen. Gleich nachher heißt bei ihnen: nie. Hör zu jetzt. Nur einige Zeilen daraus. Warum? Weil ich bei dir hier im Wohnzimmer ein Aquarium mit Wohnzimmerfischen sehe. Die Interpretation dieser Zeilen überlasse ich dir. Nur so viel: Denk beim Nachlesen später nicht an deine Zierfische, sondern an mich. Also hör zu:

...

Doch seit langem nun schwimme ich nahe des Ufers,
und ich weiß nicht mehr, ob das Schimmern kristallklares Wasser
      ist
oder das Glas eines kleinen Aquariums,
in dem es keinen Ozean mehr gibt,
keine Tiefe
und kein Salz.

Sie schwieg.

Ich schwieg.

Und auch die Fische schwiegen.

Nur das Summen der Aquariumpumpe war zu hören.

Du weißt ..., sagte ich schließlich, umarmte sie und stellte sie wieder in das Regal zurück.

Ernesto - Ernesto Cardenal, 1925-2020, nicaraguanischer Dichter, katholischer Priester, Sozialist, las Mitte der 1990er Jahre im Remter des Magdeburger Domes aus seinem Werk.

Gioconda Belli, geb. 1948, nicaraguanische Dichterin und Schrift-
stellerin, beteiligte sich in den 1970er Jahren am Kampf der Sandi-
nistischen Befreiungsfront (FSLN) gegen die Somoza-Diktatur.
2023 wurde ihr und weiteren 93 Kritikern des diktatorischen Regimes
von Daniel Ortega (einer der ehemaligen "Commandantes" der FSLN)
die Staatsbürgerschaft entzogen. Daraufhin nahm sie die chilenische
und 2024 auch die spanische Staatsbürgerschaft an.
Sie musste mehrmals im Exil leben.
„... mein Kollege Volkmar ..." - Volkmar Held, in den 1990er Jahren
Geschäftsführer des „Landeszentrums Spiel und Theater Sachsen-
Anhalt" e.V., wo der Autor dieses Textes als Mitarbeiter tätig war.
Es stellte für die Lesung von Ernesto Cardenal die entsprechende
Licht- und Tontechnik zur Verfügung und betreute sie während der
Veranstaltung.

DAS FRÜHLINGSLIED

Das Gras ist hoch, und das Gras ist grün. Bäume und Sträucher
sind grün. Alles blüht gleichzeitig: Tulpen, Osterglocken, Gänse-
blümchen, Löwenzahn, Flieder, Magnolien, Raps, und, und, und.
Die Clematis auf dem Balkon, die ich auch mit dem schönen Namen
Frau Waldrebe anspreche, rankt sich schnell und dicht belaubt wie
nie zuvor in dieser ersten Aprilwoche zum Balkon über dem meinen hoch, der zu einer Wohnung gehört, in der ebenfalls eine Frau
mit lieblichem Namen zu Hause ist, Frau Erika Vergissmeinnicht
nämlich.

Ich bin mir nicht sicher, ob sie sich jetzt, in dieser frühen Blütenzeit
entschließen konnte, ebenfalls aufzublühen, denn ich treffe sie selten auf der Treppe.

Mit Gewissheit jedoch kann ich sagen: Verblüht jedenfalls ist sie
noch nicht. Nur die Forsythien lassen ihr bereits müde gewordenes
Gelb seit Tagen zur Erde tropfen, und die Krokusse haben sich
schon ganz in sie zurückgezogen.

Diese Gleichzeitigkeit der vielen Nuancen der Farbe Grün, diese
Vielfalt anderer Farbtönungen und die Vielzahl umherschwirren-
der, summender, brummender, sirrender und flirrender Insekten
habe ich selten zuvor erlebt. Zwei Nasen, vier Ohren und sechs Augen möchte man haben, und sie reichten dennoch nicht aus. um
diese Vielfalt und Schönheit auch nur annähernd wahrnehmen zu
können.

Auch hundert Frühlingslieder reichten nicht, diesen berauschten
Frühling und die eigene Berauschtheit zu besingen, zu beschreiben.
Oft jedoch, und ich kann und will mich nicht dagegen wehren,
kommen mir, wo ich gehe oder stehe, Zeilen eines ganz bestimm-
ten Frühlingslieds in den Sinn:

Der Frühling zündet die Kerzen an
in den grünen Kastanienkronen,
und die Wiesen sind gelb vom Löwenzahn
und rot von Anemonen.

Ich pfeife die Melodie vor mich hin, denn sänge ich, mal abgesehen davon, dass ich nicht singen kann, hätte ich, wie durch die bekannte Studie von Professor Zeisig und Dr. Girlitz belegt, wie die anderen 98,23% der Deutschen von einem Liedtext nur die erste Strophe parat und nur in Ausnahmefällen noch zwei weitere Zeilen im Repertoire. In meinem Fall diese:

.. die Kerle, die kein Frühling weckt,
die sollte der Teufel holen.

Ja, ich würde alle vier Strophen nicht nur pfeifen, sondern auch gern vor mich hinsprechen, auch in gehöriger Lautstärke, sodass sie allen, die sie hören, und besonders jenen, die sie nicht hören wollen, wie ein Jubelgesang in die Ohren dringen.
Doch mein Kopf ist nicht für das Auswendiglernen von zwei oder mehr Strophen konzipiert. Wäre er es, hielte mich nicht mal der oftmals und ausgiebig geschmähte Name des Lieddichters davon ab: L o u i s ...
Na, Sie wissen schon, das war der, der vor langer Zeit ein Loblied auf die tschechische kommunistische Partei schrieb, das sich nach seiner Übersiedlung in die DDR die dortige Einheitspartei dieses in der Geschichte versunkenen Landes als Lobeshymne auf sich selbst angeeignet hat.
Unerwähnt bei all dem nach dem Untergang der DDR eifernden Gekeife gegen den Dichter Louis Fürnberg blieb jedoch: Er schrieb

eine Reihe von wunderbaren Gedichten über die Natur und das wunderbarste Gedicht mit dem Titel "Epilog" über das eigene Vergehen n a c h dem Leben. Und dieses Gedicht ist gleichzeitig auch ein Naturgedicht.

Unerwähnt damals wie heute diese poesievollen, oft liedhaften Verse. Unerwähnt seine vielen eindringlichen, aus seinen eigenen Lebenserfahrungen, aus seinem sozialen Gewissen gewachsenen, keinesfalls agitatorischen Dichtungen.

Unerwähnt – aber nicht nur deshalb erwähne ich es hier.

April 2024

Louis Fürnberg, 1909-1957, tschechoslowakisch-deutscher Dichter, Schriftsteller und Komponist.

Mozart. Sonaten. Gespielt auf alten Instrumenten. Dazwischen, als hätte sie sich in ihn verwandelt, las eine Schauspielerin in jenem rechteckigen Fenster, durch das ich abends in die Ferne sehe, aus seinen Briefen:

Liebste Schwester, ich bin got lob und danck nebst meiner miserablen feder gesund ...

Das war ein unvergesslicher Abend in jener verlorenen Zeit, in der sich alle im Freien und in öffentlich zugänglichen Räumen Münder und Nasen mit dafür vorgeschriebenen Masken bedecken mussten, ich gepresst war zwischen meine vier Wände, und häufig taglang bis in die Nacht mit dem Rücken an der Haut des Sessels klebte.

Es war ein unvergesslicher Abend, ich wiederhole das gern, als Mozarts Worte und seine Musik durch Zeit und Raum in meinen Körper und bis in meine Hände vordrangen, sie zueinander fanden, sich rührten und ganz ohne mein Zutun Beifall klatschten.

Ich bin ein Narr. Das ist bekannt, sagte Wolfgang. Und ich sah seine Schwester, die ich nie zuvor gesehen hatte, den Kopf schütteln, und das war bereits in der sich einnistenden, nicht mehr leblosen Stille nach dem Ausschalten des rechteckigen Fensters.

13.4.21/4.5.21

BÄUME
Für Angelika (1954-2019)

Vor dem Fenster steht ein Baum
Banaler Satz. Banale Feststellung.
Zugegeben: In einem poetischen Kontext könnte dieser Satz ebenfalls Poesie sein.
Die nicaraguanische Dichterin Gioconda Belli schreibt: "Baum, der seine Tage vor meinem Fenster verbringt."
Dieser Satz ist auch ohne Kontext Poesie. Und er erinnert mich daran, wie wir damals, fast jung noch, liebe Lika, am Bach vor unserem Garten eine Weide und eine Birke pflanzten, die nun, groß geworden, vor dem Dänischblau unseres Sommerhäuschens noch immer ihre Tage verbringen.
Und er erinnert mich, wo ich auch bin und war in den nunmehr fast sechs Jahren, seitdem wir nicht mehr nebeneinander auf dieser trotz aller Schändungen noch immer partiell schönen Erde gehen und nicht mehr nebeneinander im kühlen Laubschatten unserer Bäume sitzen können – dieser Satz erinnert mich daran, wie sie mir oft, so oft, wenn ich bei ihnen war, etwas von sich, von dir, von uns, das nur ihnen und dir und mir gehört, zuflüsterten.

SCHÖNER MORGEN, FAST

Die schwarzen Krächzerinnen und Krächzer besetzen die Wiese vor meinem Fenster, punktieren das heller werdende Grün, erglänzen im seitlich durch die beiden kleinen Bäume einfallenden Licht, verharren ohne Gezänk, das stets derselbe Radaubruder anstiftet, sind ungewohnt still heut, still, als trauerten sie.

Schöne Singvögel, denke ich, lächle, bin endlich mal mutig, beginne am offenen Fenster mit rabenverwandter Stimme ein Frühlingslied zu singen. Da steigen die schwarz gekleideten Vögel wie nach einem gemeinsam erlittenen Schock plötzlich auf und fliegen davon. Einer aus dem Schwarm, der mich von oben mit einem kräftigen Krah anschreit, identifiziert sich sozusagen selbst.

Nachtrag
Am Nachmittag, auf halber Treppe, treffe ich meine Nachbarin.
Ich erzähle ihr von meinem morgendlichen Eindruck.
Sie trauern wirklich, sagt sie. Stirbt Eine oder Einer aus ihrer Gruppe, versammelt sie sich um die tote Gefährtin oder den toten Gefährten und nimmt Abschied.
Beschämt über mein möglicherweise taktloses Verhalten am Morgen schließe ich die Wohnungstür auf und mache mich lange. lange unsichtbar.

DER KUCKUCK UND DER ESEL

Der Kuckuck und der Esel, die hatten keinen Streit mehr. Im Gegenteil: Sie waren Freunde geworden.

Da nun der Kuckuck allen, die vorbeikamen, die ihnen noch verbleibende Anzahl der Lebensjahre vorzählte, wandte sich eines Tages auch der Esel an dieses mit ihm befreundete, scheinbar allwissende gefiederte Auskunftsbüro: Kuckuck, lieber Freund, sag mir, wie lange lebe ich noch?

Der Kuckuck schwieg. Sein Schweigen dehnte sich. Deshalb dachte der Esel, dass ihm eine fast nicht mehr zählbare Folge von Jahren auf dieser Erde vergönnt sei.

Nach einer weiteren halben Stunde des Wartens jedoch wurde er unruhig. So viele Lebensjahre noch, fragte er sich, da kann etwas nicht stimmen. Was bedeutet sein Schweigen? Verschweigt er mir etwas? He, wie viele Jahre bleiben mir, rief er in Richtung der grünen Baumkrone hinauf, von der aus der Kuckuck seine Sprechstunde abhielt.

Ich werde dir antworten, erwiderte der Kuckuck, und ich hoffe, es wird bald sein, doch ich verzähle mich ständig. Also warte.

Du lügst, schrie der Esel. Du wagst es nur nicht, mir die Wahrheit zu sagen.

Ich lüge nie, tönte es vom Baum. Der Schlag soll mich treffen, wenn ich je gelogen habe und nun sogar meinen besten Freund belügen würde.

Der Esel atmete auf.

Da fiel etwas mit dumpfem Aufprall vor ihm ins Gras. Er dachte, es wäre einer der nachts am Himmel funkelnden, tags jedoch unsichtbaren Steine gewesen.

Der Esel wollte den Stein mit dem rechten vorderen Huf beiseite stoßen. Doch sein Bein zuckte wie von selbst zurück.

Mit tiefem Erschrecken sah er, dass es kein Stein, sondern sein toter Freund, der Kuckuck war. Betrübt trottete der Esel heimwärts zu seinem Stall.

Dort legte er sich nieder, dachte noch einmal an seinen so überaus feinfühligen Freund, der es nach des Esels Auffassung offenbar nicht gewagt hatte, ihm die Wahrheit zu sagen, und schlief dann ebenfalls für alle Zeit ein.

DIE KATZE WAR AUS DEM HAUS

Die Katze war aus dem Haus. Am zweiten Tag ihrer Abwesenheit begannen die ersten Mäuse, zunächst zaghaft noch, auf dem Tisch zu tanzen.

Am dritten Tag, aus unerfindlichen Gründen blieb die Katze weiterhin fern, hatte die Anzahl der tanzenden Mäuse auf dem Tisch um ein Vielfaches zugenommen. Meine Boombox (die mit dem Bass, den man spüren kann), hatten sie auf volle Lautstärke gestellt. Des Weiteren sangen, oder besser: piepten alle ekstatisch Tanzenden in den schrillsten Tönen zu den von gewissen Zweibeinern als volkstümlich deklarierten Weisen mit.

Als sich die Katze weder am vierten noch am fünften Tag wieder blicken ließ, beschloss ich am sechsten Tag, also gestern, eine hinreichende Anzahl Mausefallen zu kaufen.

Ich reagiere, bitte sehen Sie es mir nach, bereits seit meiner Kindheit sehr allergisch auf das Gepiepe volkstümlichen Liedguts.

Heute nun, am siebten Tag, die Katze ist noch immer nicht aufgetaucht, ruhe ich mich aus, ziemlich erschöpft, in völliger Stille. In völliger Stille erhole ich mich ebenso wie meine Boombox vom Getöse tanzender Mäuse und ihrem martialischen Musikgeschmack.

Anmerkung des Autors (Positives Schwänzchen der Miniatur):
Die Mäuse waren übrigens bereits beim Anblick der ersten, aus dem Einkaufskorb herausgenommenen Mausefalle schlagartig wie ein schlechter Spuk verschwunden gewesen.

KEIINE FABEL

Eines Tages kam eine Maus des Wegs und sagte: Wau wau, ich bin ein Hund.

Die anderen Tiere des Hofes lachten.

Da kam ein Hund des Wegs und sagte: Piep, piep, ich bin eine Maus.

Die anderen Tiere des Hofes lachten auch darüber.

Da kam ein Maushund des Wegs und sagte: Hört auf zu lachen!

Jede oder jeder ist soviel Maus oder Hund, wie sie oder er es will.

Und nun geht schlafen, damit ihr morgen alle wieder fit seid.

Also lief die Maus, die ein Hund sein wollte, zur Hundehütte und begann bald darauf darin zu schnarchen.

Also lief der Hund, der eine Maus sein wollte, zum Mauseloch, scharrte es mit seinen Pfoten größer und größer und begann bald darin, im größten Mauseloch der Welt, zu schnarchen.

Und die Moral von der Geschicht?

Ich weiß sie nicht.

SOMMERGEWITTER

Sturzregen.

     Tosen.

          Blitze zucken.

               Donnergeroll und -gegroll.

Man sieht die Angst der Mäuse in ihren Gängen unter den wie Riesenschlangen wirkenden Wurzeln der alten Eiche.

Nach kurzer Starre scharren die Mäuse in gemeinsamer Anstrengung dem Wasser, dort, wo es eindringt, Sand in den Weg, verstopfen Gänge, bevor es sie flutet, retten sich, überleben.

Da wurde mir schlagartig bewusst, dass wir bei der Menschwerdung sogar von den heute gering geschätzten, weil als Plage empfundenen Mäusen in die Lehre gingen.

Nach einer Sequenz im Dokumentarfilm
„Die Eiche – Mein Zuhause", Frankreich, 2022.

ZWEITE ERDE

Die Taube im Baum vor dem Fenster, die ihren Gefährten ruft, der
gurrend aus der Nähe eines anderen Baumes antwortet ...
Wie viele tausende, abertausende, Millionen, vielleicht Milliarden
Lichtjahre weit, Unsterblichkeit vorausgesetzt, müsste ich fliegen
durch Kälte, Finsternis, Strahlung, Nebel aus Gas und Staub, um
einen blauen Planeten zu finden, auf dem es Bäume gibt und zwei
aus dem Laub sich in Liebe zärtlich rufende Wesen?

EPILOG

PROSAMINIATUREN

Prosaminiaturen sind ganz kurze Texte. Oft gleichen sie sprachlich komprimierten Gedichten. Und wie gut gearbeitete Gedichte verweigern sich gut gearbeitete Miniaturen vordergründigen Mitteilungen, setzen lieber auf das Hintergrundleuchten von Wörtern, Bildern und Inhalten. Dieses Hintergrundleuchten wird durch die nach der Niederschrift weggestrichenen Wörter erzeugt.
Darüber hinaus sträuben sich Prosaminiaturen störrisch gegen jede weitere Definition.
Eines jedoch steht fest: An Prosaminiaturen muss man sehr lange feilen, bis sie zu glänzen beginnen und ihr Hintergrundleuchten wahrnehmbar wird.
Das liegt nicht jedem Romanschriftsteller. Dazu fehlt vielen bekanntlich das Sitzfleisch.

APHORISMEN UND
WAS SONST NOCH ABSPLITTERTE

SCHREIBEN
eine einsame Spur setzen
im zerlatschten Gelände
der Literatur.

VERGEBLICHE EINSICHT
Ein altes Sprichwort lautet:
„Große Kunst Ist nicht ohne viel Geflunker."
Wenn ich das gewusst hätte, sagt X,
dann hätte jeder meine Bücher erst genommen.

ER FOLGTE SEINER BERUFUNG,
bis er sie weit vor dem Gipfel
aus den Augen verlor.

WAS EIN APHORISMUS IST?
Weißnicht. Fragen Sie einen Aphorismenschreiber.
Wenn Sie Glück haben, antwortet er
mit einem Aphorismus
über Aphorismen.

GROSSES LOB
Er las Aphorismen –
aber ich habe kein einziges Mal
richtig gelacht.

PETITION
Aphoristiker sollten verbeamtet werden.
Dann herrschte endlich Ruhe im Staat.

WER BÜCHER KLAUT,
der ist kein schlechter Mensch.
Wer m e i n e Bücher klaut – der schon!

ERWARTUNGSHALTUNG
Der Veranstalter erwartete einen
pädagogisch wertvollen Schreibworkshop – also:
gute Miene zum schlechten Stil.

ARTENSTERBEN 2020
Der letzte große sozialistische Dichter:
der katholische Priester Ernesto Cardenal.

MEHRDEUTIGE GEDICHTE
sind eindeutig die besten.

SAH EIN KNAB EIN RÖSLEIN STEHN
Das war vor 254 Jahren.
Sah ein Knab k e i n Röslein stehn.
Das war heute. Knabe musste ganzen Tag
in sein Handy sehn.

SCHLAGT IHN TOT DEN HUND! ER IST EIN REZENSENT,
schrieb Goethe in einem lyrischen Mordaufruf.
Wir, in Sachsen-Anhalt, wären froh,
wenigstens zwei oder drei verschiedene Literaturkritiker
wieder zum Leben erwecken zu können.

NEUE MUSIK
Die Neue Musik (längst gealtert) –
Kenner, las ich, füllen die Säle.
Die Liebhaber, so scheint es, sind
vor der Geburt schon ausgestorben.

 SPANIENS HIMMEL BREITET SEINE STERNE,
als gehörten sie nicht
zu unserer Geschichte

TRAUMBERUF
Mama, wir durften sogar auf den Panzer klettern,
Wenn ich groß bin …

FRAG RUHIG

Mama, warum muss ich Englisch lernen?

Um Deutsch zu verstehen.

FRAG RUHIG

Mama, was ist ein Event?

Ein Event? Das ist eine Eintagsfliege, mein Kind.

FRAG RUHIG

Mama, was ist eine Eintagsfliege?

Na ein Event! Das hab ich doch eben gesagt.

FRÜHER WAR ALLES BESSER
Früher hatten manche wenigstens noch ein Brett vor dem Kopf.
Heute genügt schon ein Handy.

FRÜHER
Ganz früher hieß es: Der Junge
trägt den Marschallstab im Tornister.
Heute ist es ein Klappmesser.

PARADIGMENWECHSEL
Früher galt: Wie der Lehrer, so die Schule.
Heute gilt: Wie das Internet, so die Schüler.

ICH SEHNE MICH NACH DER ZEIT,
in der man sich noch Postkarten schreiben musste,
um sich etwas Nichtiges mitzuteilen.

DER MIESEPETER:
Im Dunstkreis deutscher Gemütlichkeit fühle ich mich schon
deshalb unbehaglich, weil es für den, der nicht mitschunkelt,
ziemlich ungemütlich werden kann.

EINSPARUNG
Die Axt im Haus erspart den Zimmermann,
sagte die Axt, und beseitigte auf ihre Art
diesen unnützen Kostenfaktor.

VERSUCH EINER EMANZIPATON
Als sie das zweite Mal Süßer zu ihm sagte,
wurde er das erste Mal sauer.

EMANZIPIERT
Wir führen eine gute Ehe, sagt sie.
Er kocht regelmäßig, wäscht, putzt und
 lässt mir auch sonst alle Freiheiten.

LIEBE
Er gab das Geld mit vollen Händen aus –
seine Frau
konnte sich ihn leisten.

NACHHALTIGKEIT

Bitte! treten Sie näher! Hier können Sie sich
ein neues Leben eintauschen.
Danke – aber wer trägt dann mein gebrauchtes ab?

DIE LAST

Wie viele Jahre hast du auf dem Buckel?
Weißnicht. Es sind vor allem Momente,
die ich mit mir herumschleppe.

VORSCHLAG

Statt mit der Lupe auf dem Mars Leben zu suchen,
sollten wir dort einen riesigen Spiegel installieren,
um uns selbst endlich wieder in die Augen sehen zu können.

WELTRÄTSEL, GELÖST
Wer oder was war eher da –
Das Huhn oder das Ei?
Weißnicht. Vielleicht der Kuckuck.

EIIN ALTES SPRICHWORT
Das ist ein schlechter Fuhrmann,
der nur e i n e n Weg weiß.
Manchmal denke ich, die Welt wird nur noch
von schlechten Fuhrleuten regiert.

ICH BIN OPTIMIST
Ich lebe mit Hoffnung
auf Hoffnung.

Reiner Bonack wurde am 3.1.1951 in Senftenberg geboren, lebte dort acht Jahre bei den Großeltern und anschließend am nördlichen Rand von Berlin. Er ist gelernter Zerspaner/Fräser.

Nach dem Armeedienst arbeitete er als Transportarbeiter, Beifahrer und Fräser.

Von 1976 bis 1979 studierte er am Institut für Literatur J. R. Becher in Leipzig und war danach bis 1990 als freiberuflicher Autor tätig.

Nachfolgend arbeitete er u.a. als Journalist, Freizeitgestalter für Kinder und SeniorInnen, Mitarbeiter in einem Theaterverein, Mitarbeiter der Stadtbibliothek Magdeburg, dort anlässlich des 1200-järigen Stadtjubiläums Redakteur der Anthologie Schauplatz Magdeburg.

Danach Berufsberater für Jugendliche und anschließend Mitarbeiter für Öffentlichkeitsarbeit und Projektplanung in einem Mehrgenerationenhaus.

Reiner Bonack wohnt seit 1980 in Magdeburg.

Er veröffentlichte bisher elf Bücher für Erwachsene sowie neun Kinderbücher.

1995 erhielt er den "Haiku-Preis zum Eulenwinkel".

INHALT